동물 농장

**세계문학산책 45**
**동물 농장**

지은이 조지 오웰
옮긴이 붉은여우
펴낸이 안용백
펴낸곳 (주)넥서스

초판 1쇄 인쇄 2013년 6월 5일
초판 1쇄 발행 2013년 6월 15일

출판신고 1992년 4월 3일 제311-2002-2호
121-840 서울시 마포구 서교동 394-2
Tel (02)330-5500 Fax (02)330-5555

ISBN 978-89-6790-165-3 04800



가격은 뒤표지에 있습니다.
잘못 만들어진 책은 구입처에서 바꾸어 드립니다.

www.nexusbook.com
지식의숲은 (주)넥서스의 인문교양 브랜드입니다.

세계문학산책 45

조지 오웰

# 동물 농장

붉은여우 옮김    김욱동 해설

지식의숲

1

밤이 되자 '매너 농장(Manor Farm: Manor란 원래 봉건 시대의 '장원'을 뜻하지만 여기서는 고유 명사로 씀)'의 존스는 닭장을 잠 갔다. 한데 술을 너무 많이 마신 탓에 쪽문 잠그는 것을 깜박 잊 어버렸다. 둥그런 불빛이 땅바닥에서 이리저리 춤추는 등잔을 들고 비틀거리며 마당을 가로지른 그는 뒷문에서 장화를 벗어 던지더니, 주방에 있는 맥주 통에서 마지막으로 한 잔을 따라 쭉 마신 뒤 침대로 올라갔다. 미누라는 벌써 코를 골고 있었다.

침실의 불이 꺼지자마자 농장 건물 전체가 웅성거리며 술렁 이기 시작했다. 그날 낮에 열린 품평회에서 '미들 화이트 상'을 탄 수퇘지 메이저 영감이 간밤에 이상한 꿈을 꿔 그 이야기를

다른 동물들에게 들려주고 싶다는 전갈이 빙 돌았던 것이다. 그들은 존스가 잠자리에 들면 재빨리 큰 창고에 모두 모이기로 약속이 되어 있었다. 메이저 영감(Old Major는 직역하면 '늙은 소령'이라는 뜻. 품평회에 나갔을 때 그는 '윌링던 미남'으로 불렸지만, 평상시에는 '메이저 영감'으로 통했다)은 농장에서 굉장히 존경을 받고 있는 터라, 그의 이야기를 듣기 위해서라면 모두들 한 시간쯤은 잠을 늦게 자도 상관없다고 생각했다.

큰 창고 한구석, 약간 높은 단상에는 메이저가 짚방석 위에 벌써 편안히 자리 잡고 있었고, 그의 머리 위쪽 대들보에는 초롱이 걸려 있었다. 열두 살인 그는 최근 들어 굉장히 살이 쪘지만 당당한 풍채는 아직도 여전했다. 태어나면서부터 한 번도 자른 적이 없는 송곳니가 뻗어 있어도 그에게는 현명함과 인자함이 엿보였다.

곧 다른 동물들도 하나둘씩 모여들더니 각자 편안한 자세로 자리를 잡기 시작했다. 맨 먼저 블루벨, 제시, 핀처 등 개 세 마리가 들어왔고, 그 뒤로 돼지들이 들어와 단상 바로 앞에 있는 짚더미 위에 자리를 잡았다. 암탉들은 창문턱에 홰를 치고 앉고, 비둘기들은 서까래 쪽으로 날아갔으며, 양과 암소들은 돼지들 뒤에 드러누워 되새김질을 시작했다.

마차를 끄는 말 복서와 클로버는 함께 들어왔는데, 짚더미 속에 가려 있는 작은 동물들이 다칠까 봐 그 커다란 털투성이 발굽을 조심스레 천천히 내디뎠다. 클로버는 중년이 다 된 살찌고 인자한 암말로 네 번째 망아지를 낳고 나서부터는 이전처럼 날씬한 몸매를 되찾지 못했다. 복서는 키가 무려 180센티에 가까운 거구로 보통 말 두 마리가 할 일을 너끈히 혼자 해냈다. 그러나 콧잔등에 난 흰 줄무늬는 어딘지 좀 모자라는 듯한 인상을 주었으며, 솔직히 말해서 지능도 그리 높은 편은 아니었다. 그렇지만 착실한 성품에다 어마어마한 노동력 때문에 모두에게 존경받고 있었다.

말의 뒤를 이어 흰 염소 뮤리엘과 당나귀 벤저민이 들어왔다. 벤저민은 이 농장에서 나이가 제일 많고 성격도 제일 까다로웠다. 말수가 적었지만 어쩌다가 입을 열면 비꼬는 말만 내뱉었다. 예를 들면, 하느님은 자기에게 파리를 쫓으라고 꼬리를 주었지만, 자기는 꼬리도 파리도 없었으면 좋겠다는 식으로 말하곤 했다. 이 농장의 동물 중에서 유독 그 혼자만이 웃지 않았다. 왜 웃지 않느냐고 물으면 그는 늘 웃을 만한 일이 없으니까 그렇다고 대답했다. 그럼에도 불구하고, 내색하지는 않았지만, 그는 복서를 무척 좋아해서 일요일이 되면 과수원 건너편의 조그마한 목장에 나란히 서서 말없이 풀을 뜯으며 시간을 보내곤 했다.

말 두 마리가 막 자리를 잡았을 때 어미를 잃은 새끼 오리들이 가냘픈 소리로 꽥꽥거리며 줄지어 들어와 짓밟히지 않을 만한 장소를 찾아 이리저리 허둥거렸다. 클로버가 커다란 앞다리로 새끼 오리들 주위에 울타리를 만들어 주자, 그들은 그 안에 자리하더니 이내 잠들어버렸다.

바로 그때 존스의 이륜마차를 끄는, 어수룩하면서도 예쁘장한 흰 암말 몰리가 설탕 덩어리를 씹으면서 의기양양하게 들어왔다. 몰리는 앞쪽에 자리를 잡자, 갈기에 매어 늘어뜨린 빨간 리본에 모든 짐승의 시선을 모으려고 으스대듯이 하얀 갈기를 흔들어 댔다.

맨 마지막으로 고양이가 들어와서는 늘 하던 대로 가장 따뜻한 장소를 찾기 위해 사방을 둘러본 다음 마침내 복서와 클로버 사이로 비집고 들어갔다. 고양이는 메이저의 연설은 안중에 없다는 듯, 무슨 좋은 일이 있는지 연설하는 동안 줄곧 목을 가르랑거리고만 있었다.

뒷문 홰에서 잠자고 있는, 길들인 갈까마귀 모세를 제외하고는 이제 모든 동물이 다 모였다. 메이저는 모두가 편안한 자세로 앉아 이야기가 시작되기를 기다리고 있는 것을 확인하고는, 목을 가다듬으며 연설을 시작했다.

"동지 여러분, 여러분은 내가 간밤에 이상한 꿈을 꾸었다는 얘기를 이미 들었을 겁니다. 하지만 그 꿈 얘기는 나중에 하겠습니다. 그보다 먼저 할 말이 있습니다. 동지 여러분, 아무래도 나는 여러분과 몇 달 정도밖에 같이 지낼 수 없을 것 같습니다. 그래서 죽기 전에 내가 체험에서 얻은 지혜를 여러분에게 전해 주는 것이 내 의무라고 생각합니다. 나는 오래 살았고, 우리에 혼자 있을 때는 명상에 잠기는 시간이 많았습니다. 그래서 나는 현재 살아 있는 어떤 동물 못지않게 이 지상에서의 삶의 본질을 이해하고 있다고 자부합니다. 내가 여러분에게 말하고 싶은 건 바로 이 점입니다.

자, 동지 여러분, 우리의 삶의 본질이란 무엇입니까? 이것을 한번 직시해 봅시다. 우리의 삶은 비참하고 고생스럽고 짧습니다. 우리는 태어나서 겨우 목숨만 유지할 정도로 먹이를 얻어먹고, 능력이 있는 놈은 힘을 다 쓸 때까지 일하도록 강요받고 있습니다. 그러다가 쓸모없게 되면 그 순간 도살장에서 처참한 죽임을 당합니다. 영국에서는 태어나서 1년만 지나면 그 어떤 동물도 행복이나 휴식이라는 말의 뜻을 알지 못합니다. 영국에 있는 동물들에게는 자유가 없습니다. 동물의 생애는 고통과 굴종이 전부입니다. 이것은 명백한 사실입니다.

그렇지만 이것이 단순한 자연의 섭리일까요? 우리나라가 너무 가난해서 이곳에 사는 자들이 만족한 삶을 누릴 여유가 없기 때문일까요? 아닙니다. 동지 여러분, 절대로 그런 것이 아닙니다! 영국은 땅이 기름지고 기후가 좋아서 현재 살고 있는 숫자보다 훨씬 더 많은 동물에게 식량을 넉넉히 나눠 줄 수 있습니다. 우리의 이 농장만 하더라도 말 열두 마리와 암소 스무 마리와 양 수백 마리를 기를 수 있고, 우리가 상상할 수 없을 정도로 안락하고 품위 있는 생활을 할 수도 있습니다.

그렇다면 왜 우리는 이렇게 비참한 생활을 계속해야 하는 겁니까? 우리가 노동해서 생산한 것을 거의 다 인간들이 빼앗아 가기 때문입니다. 동지 여러분! 바로 여기에 우리의 모든 문제에 대한 해답이 있습니다. 한마디로 요약한다면 문제는 바로 인간입니다. 인간이야말로 우리의 유일한 적입니다. 인간을 여기서 추방합시다. 그러면 굶주림과 과로의 근원은 영원히 사라질 겁니다.

인간은 생산도 하지 않고 소비만 하는 유일한 동물입니다. 그들은 젖을 짜내는 것도 아니고, 알을 낳는 것도 아니며, 쟁기를 끌 만큼 힘이 센 것도 아니며, 토끼를 잡을 수 있을 만큼 빨리 뛰지도 못 합니다. 그런데도 그들은 모든 동물의 주인입니다. 동물들을 부려 먹으면서도 먹을 거라고는 겨우 연명할 수 있을 정도만 주고, 그 나머지는 자신들을 위해 쌓아 둡니다. 우리 노동으로 땅을 갈고 우리 분뇨로 땅을 비옥하게 하는데도 우리에겐 껍데기밖에 남은 것이 없습니다.

내 앞에 계시는 암소 여러분, 당신네들이 지난 1년 동안에 짜 낸 우유가 몇 천 갤런이나 됩니까? 송아지를 튼튼하게 길러야 할 그 젖은 모두 어찌 되었습니까? 결국 한 방울도 남지 않고 우리 적들의 목구멍으로 넘어가 버렸습니다.

그리고 암탉 여러분, 당신들은 작년에 얼마나 많은 알을 낳았으며, 그중에서 병아리로 깬 것이 과연 몇 개나 됩니까? 그 나머지는 모두 존스과 그의 일당에게 돈을 벌어 주기 위해서 시장에 팔려 나간 것입니다.

그리고 클로버, 당신이 낳은 망아지 네 마리는 지금 어디 있습니까? 당신이 노후에 의지할 수도 있고 즐거움이 될 수도 있을 망아지이지만 모두 한 살이 되자마자 팔려 나갔습니다. 어느 자식도 다시는 보지 못할 것입니다. 네 번이나 해산했고 밭에서 힘들게 일을 했지만, 보잘것없는 먹이와 마구간 이외에 또 무슨 대가가 있었습니까?

그런데 우리가 이어 가는 이 비참한 생활마저도 제명에 죽도록 허용되지 않습니다. 나로 말하자면 비교적 운이 좋은 편이라 별로 불평은 없습니다. 나는 열두 살이 되었고, 자손도 4백 마리가 넘으니까요. 이것이 돼지 본래의 생애입니다. 그렇지만 어떤 동물도 최후에는 잔인한 칼을 피할 수 없습니다. 내 앞에 앉아 있는 젊은 식용 돼지 여러분, 여러분도 모두 1년 안에 도살장에서 비명을 지르면서 죽어 갈 겁니다. 우리 모두가 그처럼 처참한 꼴을 당하게 될 겁니다. 암소도 돼지도 암탉도 양도 모두 말입니다. 말이나 개라고 해서 더 좋은 운명을 타고난 건 아닙니다. 복서, 당신도 그 우람한 근육이 힘을 쓰지 못하는 바로 그날, 당장 존스 씨가 도살장의 백정에게 팔아 버릴 것이고 백정은 당신 목을 쳐서 사냥개의 먹이로 만들어 버릴 겁니다. 개도 마찬가지로 늙어서 이빨이 빠지면, 존스 씨는 목에 벽돌을 매달아 가까운 연못에 던져 버릴 겁니다.

동지 여러분, 그렇다면 우리 삶에 닥친 모든 재앙이 인간의 폭정 때문에 생겼다는 것은 너무도 자명하지 않습니까? 인간을 몰아내기만 하면 우리 노동으로 생산된 것은 모두 우리 것이 될 겁니다. 하룻밤 사이에 우리는 부유해지고 자유로워질 겁니다. 그렇게 되려면 우리는 어떻게 해야 할까요? 밤낮으로 혼신을 다해 인류의 전복을 꾀하십시오.

동지 여러분, 이것이 여러분에게 전하는 나의 메시지입니다. 봉기합시다! 나는 그 봉기가 언제 일어날지 알 수 없습니다. 일주일 뒤가 될 수도 있고, 1백 년 뒤가 될 수도 있습니다. 그러나 나는 내 발밑에 있는 볏단을 보듯 조만간 정의가 실현된다는 사실을 분명히 알고 있습니다.

동지 여러분, 남은 인생 동안이나마 이것을 명심합시다! 그리고 무엇보다 나의 이 메시지를 여러분의 다음 세대에게 전해서 그 세대가 최후의 승리를 거둘 때까지 이 투쟁을 계속하도록 합시다.

그리고 동지 여러분, 여러분의 결심이 흔들려서는 안 된다는 사실을 명심합시다. 어떠한 논쟁에도 현혹되어서는 안 됩니다. 인간과 동물은 공동의 이해관계를 가지고 있다든지, 인간의 번영이 바로 동물의 번영이라고 유혹하더라도 절대 귀를 기울이지 마십시오. 그것은 모두 거짓투성이입니다. 인간은 결코 자신들 이외의 다른 생물의 이익을 위해서 봉사하지 않습니다. 그러니 우리 동물들은 투쟁을 위해 단결하고 완전한 동지애를 이룩합시다. 인간은 모두가 적이요, 모든 동물은 동지입니다."

바로 이때 시끄러운 소동이 일어났다. 메이저가 연설하는 동안에 커다란 쥐 네 마리가 구멍에서 기어 나와 한구석에서 허리를 펴고 앉아 그의 이야기를 듣고 있었는데, 개들이 그들을 발견하고 갑자기 덮친 것이다. 쥐들은 재빨리 구멍 속으로 뛰어들어가 간신히 목숨을 건질 수 있었다. 메이저는 앞발을 들어 조용히 하라고 했다.

"동지 여러분! 여기서 결정해야 할 문제가 있습니다. 쥐나 토끼 같은 들짐승들이 우리의 친구인가, 아니면 우리의 적인가 하는 문제입니다. 이 문제를 표결에 부칠 것을 제안합니다. 쥐가 동지입니까?"

곧 표결로 들어갔는데, 압도적 다수에 의해서 쥐는 동지라는 것이 가결되었다. 반대 투표자는 개 세 마리와 고양이 한 마리를 합해서 겨우 넷뿐이었다. 나중에 고양이는 찬반 양쪽에 모두 투표한 사실이 밝혀졌다. 메이저는 계속 말했다.

"할 말이 좀 더 있습니다. 되풀이해서 말하지만, 인간과 인간의 모든 행실에 대해 적개심을 품는 것이 여러분의 의무라는 걸 결코 잊지 마십시오. 두 다리로 걷는 놈은 전부 적이며, 네 다리로 걷거나 날개를 가진 자는 모두 우리의 친구입니다. 그리고 인간과 투쟁하면서 그들을 닮아서는 안 된다는 것도 명심해야 합니다. 여러분이 인간을 정복한 후에라도 인간의 악덕을 배워서는 안 됩니다. 어떠한 동물도 집에서 살거나 침대에서 자거나 옷을 입거나 술을 마시거나 담배를 피우거나 돈을 만지거나 장사를 해서는 안 됩니다. 인간의 습관은 모두 나쁩니다. 그리고 무엇보다도 중요한 것은, 어떠한 동물이든 같은 동물을 탄압해서는 안 됩니다. 강하든 약하든, 지혜롭든 우둔하든 우린 모두 형제들입니다. 어떠한 동물도 결고 다른 동물을 죽여선 안 됩니다. 모든 동물은 평등합니다.

자, 동지 여러분, 이제부터 간밤의 꿈 얘기를 하겠습니다. 여러분 앞에서 그 꿈을 그대로 묘사할 수는 없겠지만, 어쨌든 그것은 인간이 사라져 버린 지구에 대한 꿈이었습니다. 한데 그 꿈은 내가 오랫동안 잊고 있던 것을 상기시켜 주었습니다.

수년 전 내가 새끼 돼지였을 적에, 내 어머니와 다른 암퇘지들은 곡조와 처음 세 마디 가사밖에 모르는 옛날 노래를 부르곤 했습니다. 나도 어렸을 적에는 그 곡조를 알고 있었지만, 오래전에 완전히 잊어버렸습니다. 그런데 간밤의 꿈속에서 그 곡조가 생각났습니다. 더구나 그 노래의 가사까지도 생각난 겁니다. 그 가사는 오래전에 동물들이 불렀던 것인데, 몇 세대가 흐르면서 잊힌 것이라 생각됩니다. 동지 여러분, 지금 내가 그 노래를 한번 부르겠습니다. 내가 나이 들어 목소리가 거칠지만 그 곡조를 여러분에게 가르쳐 주면, 여러분은 훨씬 더 잘 부를 수 있을 겁니다. '영국의 가축들'이라는 노래입니다."

메이저 영감은 목청을 가다듬은 뒤 노래를 시작했다. 그가 말한 대로 과연 거칠고 쉰 목소리였지만, 노래는 썩 잘 불렀다. 그 노래는 '클레멘타인'과 '라 쿠카라차'의 중간쯤 되는 감동적인 곡조였다. 가사는 다음과 같았다.


영국의 가축들아, 아일랜드의 가축들아,
모든 땅과 나라의 가축들아,
즐거운 내 소식을 귀담아들어라,

황금빛 찬란한 미래의 소식을.


언젠가 그날이 오리라.
폭군인 인간이 전복되고,
기름진 영국의 들판에서
가축들만이 활보하는 그날이.


우리의 코에서는 코뚜레가 사라지고,
우리의 등에서는 마구가 벗겨지며,
재갈과 박차(拍車)는 영원히 녹슬고,
가혹한 채찍질 소리도 더 이상 들리지 않으리라.


마음속에 그려 보지도 못한 풍요로움이,
밀과 보리, 귀리와 건초,
클로버와 콩과 비트가
그날부터 모두 우리 것이 되리라.


영국의 들판은 밝게 빛나고,
강물은 더욱 맑게 흐르며,
미풍은 감미롭게 불어오리라,

우리가 자유로워지는 그날에는.


그날을 위해 우리 모두 일해야 한다네.
비록 그날이 밝기 전에 죽더라도
소도 말도 거위도 칠면조도
모두 다 자유를 위해 땀을 흘리세.


영국의 가축들아, 아일랜드의 가축들아,
모든 땅과 나라의 가축들아!
내 소식 잘 듣고 온 누리에 전파하라,
황금빛 찬란한 미래의 소식을.


이 노래는 동물들을 온통 열광의 도가니 속으로 빠져들게 했다. 메이저가 이 노래를 미처 끝내기도 전에 그들은 스스로 따라 부르기 시작했다. 가장 우둔한 동물까지도 벌써 그 곡조와 가사 두어 마디를 익혔고, 돼지나 개같이 영리한 짐승들은 불과 몇 분도 되지 않아 그 노래를 전부 외워 버렸다. 그러고 나서 몇 번 연습을 한 다음 농장 전체가 떠나갈 듯 큰 소리로 '영국의 가축들'을 부르기 시작했다.
암소는 음매, 개는 멍멍, 양은 매에, 말은 힝힝, 오리는 꽥꽥거리며 이 노래를 불렀다. 그들은 이 노래가 너무나 즐거워서 다섯 번이나 계속해서 불렀는데, 아마 방해만 받지 않았다면 밤새도록 불러 댔을 것이다.

불행히도 이 소동이 존스를 잠에서 깨우고 말았다. 그는 마당에 여우라도 들어왔는가 싶어 자리를 박차고 일어나서는, 항상 침실 구석에 세워 두는 총을 들고 나와 컴컴한 곳을 향해 6호탄(사냥감에 따라 총알 크기가 다른데, 이것은 중간 크기임)을 쏘아 댔다. 그 탄환들은 창고 벽에 박혔고, 모여 있던 동물들은 순식간에 흩어졌다. 모두들 각자의 잠자리로 도망쳤다. 새들은 횃대로 날아갔고, 동물들은 짚더미 속으로 기어 들어갔다.

온 농장은 삽시간에 조용히 잠들어 버리고 말았다.


2


사흘 뒤, 메이저 영감은 잠을 자다가 평화롭게 세상을 떠났다. 그의 시체는 과수원 아래쪽에 묻혔다.

3월 초순에 그 일이 있은 뒤, 그다음 석 달 동안 아주 비밀스러운 활동이 전개되었다. 메이저 영감의 연설은 농장의 총명한 동물들에게 완전히 새로운 인생관을 심어 주었다. 그들은 메이저가 예언한 봉기가 언제 일어날지 몰랐고, 또 그들이 살아 있는 동안에 일어나리라고 확신할 수도 없었다. 하지만 그것을 준비하는 것이 자기들의 의무라는 것쯤은 분명히 알고 있었다. 다른 동물들을 가르치고 조직하는 일은 당연히 돼지들의 몫이었다. 왜냐하면 돼지가 동물들 중에서 가장 총명하다고 인식되고 있었기 때문이다. 돼지들 중에서도 존스가 팔아먹기 위해 기르고 있는 스노볼과 나폴레옹이라는 젊은 수퇘지 두 마리는 그중 더 뛰어났다. 나폴레옹은 몸집이 크고 얼굴이 꽤 험상궂어 보이는 이 농장 유일의 버크셔 종(種) 수퇘지였다. 다른 수퇘지들은 모두 식용 돼지였는데, 이들 중에서 제일 유명한 돼지는 몸집이 작고 뚱뚱한 스퀼러(Squealer: 여기서는 고유 명사로 쓰였으나, ‘돼지 먹따는 소리’라는 뜻)였다. 그는 둥근 볼에 번쩍이는 눈을 가지고 있었으며, 행동이 민첩하고 목소리가 날카로웠다. 또한 그는 대단한 연설가였으며, 무엇인가 어려운 문제를 놓고 토론할 때면 이리저리 날뛰며 꼬리를 흔들어 대는 버릇이 있었는데 그 모습은 왠지 매우 설득력이 있어 보였다. 다른 동물들은 스퀼러라면 검은 것을 흰 것으로 바꿀 수도 있을 거라고 말했다.

이들 돼지 세 마리는 메이저 영감의 가르침을 완전한 사상 체계로 정립하고 여기에 ‘동물주의’라는 명칭을 붙였다. 일주일에도 몇 번씩 그들은 존스가 잠든 뒤 창고에서 비밀 모임을 갖고, 동물주의의 원칙을 다른 동물들에게 설명해 주었다.

처음에 그들은 다른 많은 동물의 우둔함과 냉담함에 부딪혔다. 어떤 무리는 자기들이 '주인'이라고 생각하는 존스에 대한 충성의 의무를 내세우며 유치한 말을 늘어놓았다.

"존스가 우리를 먹여 살리고 있습니다. 만일 그분이 없다면 우리는 굶어 죽을 겁니다."

또 어떤 동물들은 이런 질문도 했다.

"우리가 죽은 뒤의 일을 왜 우리가 걱정해야 합니까?"

"이 반란이 어차피 일어나게 되어 있다면, 우리가 그것을 위해 노력하든 안 하든 다를 게 뭐가 있습니까?"

그래서 돼지들은 그런 생각들이 동물주의의 정신에 위배된다는 것을 납득시키느라 진땀을 뺐다. 그중에서도 가장 어리석은 질문을 한 것은 흰 암말 몰리였다. 몰리가 스노볼에게 한 첫 번째 질문은 너무나 어이없는 것이었다.

"반란 후에도 설탕이 지급됩니까?"

스노볼이 단호하게 말했다.

"아니요, 이 농장에는 설탕을 만드는 시설이 없습니다. 게다가 당신에게는 설탕이 필요 없을 겁니다. 당신은 귀리든 건초든 먹고 싶은 만큼 실컷 먹을 수 있을 테니까요."

"그럼, 그때도 내 갈기에 리본을 매는 것이 허용될까요?"

몰리가 물었다.

"동지, 당신이 그렇게 애지중지하는 그 리본은 예속의 상징입니다. 자유가 리본보다 더 값진 것임을 이해 못 하겠습니까?"

스노볼이 대답했다.

몰리는 동의했으나 충분히 납득한 것은 아닌 것 같았다.

돼지들은 길들인 까마귀 모세가 퍼뜨린 거짓말을 반박하느라 더 큰 애를 먹었다. 존스의 특별한 귀여움을 받고 있는 모세는 첩자에다 밀고자였지만 말솜씨가 대단했다. 그는 동물이 죽으면 모두 가게 된다는 소위 '사탕 과자 산'이라는 신비스러운 나라가 있음을 안다고 주장했다. 이 산은 하늘 높이, 구름 너머 어딘가에 있다고 모세는 말했다. 사탕 과자 산에서는 날마다 일요일이고, 토끼풀이 일 년 내내 무성하며, 울타리에선 각설탕과 아마인(亞麻仁) 과자가 열린다고 했다. 동물들은 모세가 일은 하지 않고 말만 지껄인다고 해서 그를 싫어했다. 그러나 사탕 과자 산을 믿는 동물들도 꽤 있어서 돼지들은 그런 산이 없다는 것을 설득시키느라고 진땀을 빼며 논쟁을 벌여야만 했다.

돼지들의 가장 충실한 제자는 쌍두마차를 끄는 복서와 클로버였다. 이 두 말은 어떤 일이든 자기들 스스로의 머리로 생각해 내는 것은 딱 질색이었지만, 일단 돼지들을 스승으로 삼은 후로는 돼지들의 말이라면 모조리 받아들이고 그것을 간단히 요약해서 다른 동물들에게 전해 주었다. 그들은 창고에서 갖는 비밀 모임에 꼭 참석했고, 회의가 끝날 때면 언제나 '영국의 가축들' 노래를 선창했다.

그런데 반란은 모두가 기대했던 것보다도 훨씬 빨리, 그리고 훨씬 쉽게 이루어질 수 있었다. 지난 수년 동안 존스는 동물들에게 엄격한 주인이면서도 수완이 있는 농장주였다. 그러나 요즘에 와서는 날로 타락해 가고 있었다. 그는 소송 문제로 돈을 잃은 후부터 실의에 빠진 나머지 몸을 해칠 정도로 과음을 하기 시작했다. 그는 며칠 동안 방에 있는 윈저 식(式) 의자에 앉아 신문을 읽으면서 계속 술을 마시고, 때로는 모세에게 맥주에 적신 빵 조각을 먹이기도 했다. 일꾼들은 게으르고 부정직했으며, 밭에는 잡초가 무성했다. 건물 지붕은 떨어져 나갔으며, 망가진 울타리는 손질도 하지 않았다. 물론 동물들도 제대로 먹지 못했다.

건초용 풀을 벨 때가 거의 되어 가는 6월, 성 요한의 축일 전날이었다. 그날은 마침 토요일이었는데, 존스는 윌링던에 갔다가 레드 라이언 주막에서 어찌나 과음을 했던지 다음 날인 일요일 점심때나 되어서야 비로소 집으로 돌아왔다. 일꾼들은 아침 일찍 우유를 짜고 나서 동물들에게 먹이도 주지 않은 채 토끼 사냥을 나갔다.

존스는 집에 돌아오자 응접실 소파에서 〈세계 뉴스〉지로 얼굴을 가린 채 곧 잠이 들어버렸다. 그래서 저녁때까지도 동물들은 먹이를 먹지 못했다.

마침내 동물들은 더 이상 참지 못하고 먹이를 찾아 나섰다. 암소 한 마리가 뿔로 식량 창고의 문을 부수고 들어가자, 동물 모두가 저장 통에서 먹이를 꺼내 먹기 시작했다.

바로 그때 존스가 잠에서 깨어났다. 그와 일꾼 넷은 채찍을 들고 식량 창고에 들어와 이리저리 휘둘러 댔다. 굶주린 동물들로서는 도저히 참을 수 없는 일이었기에, 사전에 계획을 세웠던 것은 아니었지만 동물들은 일제히 학대자들에게 덤벼들었다.

존스와 그의 일꾼들은 졸지에 동물들의 머리에 받히거나 발길에 채였다. 사태가 걷잡을 수 없을 정도로 험악해졌다. 동물들이 이런 행패를 부리는 것을 한 번도 본 적이 없었던 학대자들은 동물들의 갑작스러운 난동에 놀라 거의 정신을 잃을 지경이었다.

잠시 후, 그들은 자기방어를 포기하고 줄행랑을 쳤다. 그들 다섯 명은 큰 도로로 통하는 마찻길로 급히 도망쳤고, 동물들은 의기양양하게 그들을 뒤쫓았다.

존스 부인은 침실 창문으로 이 광경을 내다보다가 사태를 알아차리고는 몇 가지 소지품을 양탄자로 만든 가방에 챙겨 가지고 다른 문을 통해서 허둥지둥 농장을 빠져나가 버렸다. 모세는 큰 소리로 까악까악 울면서 그녀의 뒤를 쫓아갔다.

한편 동물들은 존스 씨와 그의 일꾼들을 큰길로 쫓아내고는 빗장이 다섯 개 달려 있는 문을 꽝 하고 닫아 버렸다. 그리하여 무슨 일이 일어났는지 자신들도 제대로 알지 못하는 사이에 '반란'은 성공적으로 마무리되었다. 존스는 추방되고, 매너 농장은 그들 차지가 된 것이다.

처음 몇 분 동안, 동물들은 자신들의 행운을 거의 믿을 수가 없었다. 그들이 맨 먼저 한 짓은, 마치 숨어 있는 사람이 한 명도 없다는 것을 확인하려는 듯이 모두가 한 몸이 되어 농장 주위를 빙 돌아보는 일이었다. 그리고 나서 농장 건물로 뛰어와서 가증스러운 존스 지배하의 마지막 흔적까지 말끔히 없애 버렸다.

외양간 한쪽 구석에 있는 마구 창고가 부서져 열렸고, 재갈, 코뚜레, 개 사슬, 그리고 존스가 돼지와 새끼 양을 거세하는 데 사용했던 무자비한 칼 등은 전부 우물 속으로 던져 버렸다. 고삐, 굴레, 눈가리개, 그리고 치욕적인 여물 망태 따위는 마당에서 타고 있는 쓰레기 불더미 속에 던져 버렸다. 채찍도 마찬가지였다.

동물들은 채찍이 불 속에서 타오르는 것을 보자 모두 기쁨에 넘쳐 날뛰었다.

스노볼은 장날이면 으레 말갈기와 꼬리에 달던 리본을 불 속으로 던지며 말했다.

"리본이란 인간의 옷이라고 할 수 있습니다. 그것은 인간의 표시입니다. 모든 동물은 옷을 입어서는 안 됩니다."

복서는 이 말을 듣고, 여름에 파리가 귓가에 몰려드는 것을 막기 위해서 썼던 조그만 밀짚모자를 갖고 와서 다른 것과 함께 불구덩이 속에 던져 버렸다.

삽시간에 동물들은 존스를 연상시키는 것을 모조리 없애 버렸다. 그런 다음 나폴레옹은 모든 동물을 식량 창고로 데리고 가서 각자에게 정량보다 많은 옥수수를 나누어 주었고, 개에게는 각각 비스킷 두 개씩을 나누어 주었다. 그러고 나서 그들은 '영국의 가축들'을 처음부터 끝까지 연거푸 일곱 번이나 부른 다음 잠자리에 들어 전에 없는 단잠을 이루었다.

그들은 여느 때처럼 새벽에 눈을 뜨자, 문득 어제 있었던 영광스러운 일을 기억하고는 모두 목장으로 달려갔다. 그리고 한눈에 농장 전체가 내려다보이는, 목장 아래쪽의 조그만 언덕 위로 올라가서 맑게 빛나는 아침 햇살을 받으며 주위를 둘러보았다. 그렇다, 이것은 우리 것이다. 사방에 보이는 모든 것이 우리 것이다! 이런 생각에 황홀해진 그들은 의기양양하게 주위를 빙글빙글 돌았고, 흥분해서 공중으로 펄쩍펄쩍 뛰었다. 아침 이슬 속에 굴러 보기도 하고, 신선한 여름풀을 뜯어 먹기도 하며, 검은 흙덩이를 차올려 그 기름진 냄새를 맡아 보기도 했다.

그다음 그들은 농장 전체를 돌아다니며 말할 수 없는 감격에 젖어 경작지와 건초 밭과 과수원과 연못과 숲 등을 둘러보았다. 마치 전에는 이런 것들을 본 적이 없는 듯한 기분이었고, 아직도 이것들이 모두 자기들 것이라고는 도저히 믿어지지 않았다.

이윽고 그들은 농장 건물로 줄지어 돌아와 농장 주인의 집 문에 이르렀다. 그러고는 갑자기 입을 다물고 걸음을 멈추었다. 이 집도 그들의 것이 되었지만, 왠지 안으로 들어가기가 겁이 났다.

잠시 후, 스노볼과 나폴레옹이 어깨로 문을 들이받아 열어젖뜨리자 동물들이 줄을 서서 들어갔다. 그들은 무엇이라도 망가질까 봐 매우 조심스레 걸었다. 가능한 한 목소리를 죽여 가면서 이 방 저 방을 살금살금 걸어 다녔고, 깃털 이불을 깔아 놓은 침대며 거울이며 말털 소파며 브뤼셀 양탄자며 응접실 벽난로 위에 걸린 빅토리아 여왕의 석판화 등 믿을 수 없을 정도로 화려한 사치품들을 입을 벌리고 쳐다보았다.

그들은 층계를 내려오다가 몰리가 없어진 사실을 알았다. 되돌아가 보니 가장 멋진 침실에 몰리가 남아 있었다. 몰리는 존스 부인의 화장대에서 푸른 리본을 집어 어깨에 걸친 뒤 바보스러운 모습을 거울에 비추며, 마치 홀린 듯이 자신의 모습을 바라보고 있었다.

동물들은 몰리를 호되게 꾸짖은 다음 밖으로 나왔다. 주방에 걸려 있던 햄은 땅속에 묻혔고, 조리대 위의 맥주 통은 복서의 발굽에 채여 깨졌다. 그 밖의 집안 물건에는 전혀 손을 대지 않았다. 이 농장 건물을 박물관으로 보존하자는 안이 즉석에서 만장일치로 결정되었다. 어떤 동물도 이곳에 살아서는 안 된다는 제의에도 모두가 동의했다.

동물들이 아침 식사를 마치고 나자 스노볼과 나폴레옹은 그들을 또다시 소집했다. 스노볼이 말했다.

"동지 여러분! 지금은 여섯 시 반입니다. 그리고 긴 하루가 남아 있습니다. 오늘은 건초 수확을 시작할 예정이지만, 그러나 그보다 먼저 해야 할 일이 있습니다."

돼지들은 이제야 밝히는 것이지만, 지난 3개월 동안 자기들은 존스의 아이들이 쓰레기통에 버린 낡은 철자 교본을 가지고 스스로 읽고 쓰는 법을 배웠다고 밝혔다. 나폴레옹은 검은색과 흰색의 페인트 통을 가져오라고 한 다음, 큰길로 통하는 빗장이 다섯 개 달려 있는 문 쪽으로 모두를 끌고 갔다. 스노볼은(그가 글씨를 제일 잘 썼기 때문에) 앞발의 두 발톱 사이에 붓을 끼우고 문짝 맨 위의 빗장에 써 놓은 '매너 농장'이라는 글자를 지운 다음 그 자리에 페인트로 '동물 농장'이라고 썼다. 이것이 이제부

터 이 농장의 이름이 된 것이다.

그런 다음 그들은 농장 건물로 돌아왔다. 스노볼과 나폴레옹은 사다리를 가져오게 해서 그것을 커다란 창고의 한쪽 벽에 걸쳐 놓았다. 돼지들은 지난 3개월 동안 연구 끝에 '동물주의'의 원칙을 7계명(七戒命)으로 요약했다고 설명했다. 이 7계명이 이제부터 벽에 쓰일 것이며, 이것은 동물 농장의 모든 동물이 앞으로 영원히 지키며 살아가야 할 불변의 율법이 될 것이라고 천명했다.

스노볼은 갖은 애를 쓰며(돼지가 사다리에서 균형을 잡기란 그리 쉬운 일이 아니라서) 사다리로 기어 올라가 글씨를 쓰기 시작했고, 스퀼러는 그 아래 두서너 계단 밑에서 페인트 통을 들어주었다. 그 계명은 타르 칠을 한 벽에 흰 글씨로 큼직하게 쓰였기 때문에 30야드(약 27.4미터)쯤 떨어진 곳에서도 읽을 수가 있었다. 7계명은 다음과 같았다.


7계명
1. 누구든 두 다리로 걷는 자는 적이다.
2. 누구든 네 다리로 걷거나 날개가 있는 자는 친구다.
3. 어떤 동물도 옷을 입어서는 안 된다.
4. 어떤 동물도 침대에서 자서는 안 된다.

5. 어떤 동물도 술을 마셔서는 안 된다.

6. 어떤 동물도 다른 동물을 죽여서는 안 된다.

7. 모든 동물은 평등하다.


그것은 아주 깔끔해 보였는데, 'friend(친구)'가 'freind'로 쓰이고, 's'자 하나가 거꾸로 쓰인 것 외에는 철자도 아주 정확했다. 스노볼은 다른 동물들에게 큰 소리로 읽어 주었다. 동물들은 만장일치의 표시로 모두 고개를 끄덕였고, 영리한 동물들은 당장 계명을 외우기 시작했다.

이윽고 스노볼은 붓을 내동댕이치며 소리쳤다.

"자, 동지 여러분! 건초 밭으로 갑시다! 우리의 명예를 걸고서라도 존스 씨와 그의 일꾼들보다 더 빨리 건초를 거둬들이도록 합시다."

그런데 바로 이때, 얼마 전부터 몸이 좀 불편해 보이던 암소 세 마리가 음매 하고 큰 소리로 울었다. 그들은 스물네 시간 동안 젖을 짜지 않아 젖이 퉁퉁 불어 터질 것만 같았다. 돼지들은 잠시 생각하더니, 양동이를 가져오라고 하고는 아주 솜씨 있게 젖을 짜 주었다. 돼지들의 네 다리는 젖을 짜는 데 안성맞춤이었다. 많은 동물의 흥미진진한 시선 속에서 양동이 다섯 개는 금방 거품이 이는 부드러운 우유로 가득 찼다.

"그렇게 많은 우유를 다 어떻게 할 겁니까?"

누군가가 물었다.

"존스 씨는 가끔 우리 먹이에 그 우유를 조금씩 섞어 주곤 했는데."

암탉 한 마리가 말했다.

"우유 걱정일랑 하지 마시오, 동지 여러분!"

나폴레옹이 양동이 앞에 나서서 소리 질렀다.

"그건 나중에 해결하겠소. 우선 건초 수확이 더 중요합니다. 스노볼 동지가 선도할 겁니다. 나도 곧 따라가겠습니다. 동지 여러분, 앞으로! 건초가 기다리고 있습니다."

그리하여 동물들은 수확을 위해 건초 밭으로 떼 지어 나갔다. 그리고 저녁에 돌아왔을 때, 그들은 우유가 사라진 것을 알아차렸다.


3


건초를 거둬들이기 위해서 얼마나 열심히 일하고 땀 흘렸던가! 하지만 그들의 노력은 헛되지 않았다. 건초 수확량이 기대했던 것보다 훨씬 더 성공적이었다.

때로는 일이 힘들기도 했다. 농기구는 사람들을 위해서 만들어진 것이지 동물들을 위한 것이 아니었다. 뒷다리로 서서 일하도록 만들어진 기구를 사용할 수 없다는 것은 아주 불리한 일이었다. 그러나 돼지들은 매우 영리했기 때문에 모든 어려움을 극복하는 방법을 생각해 냈다. 말들은 밭에 대해서 구석구석 익히 알고 있었고, 사실 풀베기와 써레질은 존스 씨와 그의 일꾼들보다도 훨씬 더 잘 알고 있었다. 돼지들은 실제로 일은 하지 않고 다른 동물들을 지휘 감독만 했다. 워낙 지식이 풍부했기 때문에 그들이 지휘를 하는 것은 당연한 일이었다.

복서와 클로버는 풀 베는 기계와 써레를 몸에 묶고(재갈이나 고삐는 이제 필요 없었다) 꾸준히 들판을 빙빙 돌았다. 돼지 한 마리가 뒤따르며 때때로 '이랴!'라든지 '워워!' 하고 소리쳤다. 연약한 동물에 이르기까지 모두 건초를 뒤집어 모으는 일을 했다. 오리와 암탉까지도 하루 종일 뙤약볕 아래서 부리로 작은 건초 다발을 물고 이리저리 바삐 움직였다.

마침내 그들은 존스와 그의 일꾼들이 보통 걸리는 시간보다도 이틀이나 빨리 건조를 서둘들일 수가 있었다. 이 농장에서는 일찍이 볼 수 없었던 풍작이었다. 버린 것은 하나도 없었다. 암탉과 오리가 예리한 눈으로 마지막 한 줄기까지 주워 모았기 때문이다. 그리고 농장의 그 어떤 동물도 풀을 훔쳐 먹지 않았다.

여름 내내 농장의 일은 마치 시계가 돌아가는 것처럼 착착 진행되었다. 동물들은 상상 이상으로 행복했다. 한 입 먹는 음식물마다 가슴 벅찬 기쁨을 안겨 주었다. 그것은 이제 구두쇠 주인이 동냥 주듯 조금씩 나누어 주던 먹이가 아니라 자기들 스스로가 자급자족하는 먹이였기 때문이다. 아무짝에도 쓸모없는 기생충 같은 인간이 없어졌기 때문에 각자가 먹을 식량이 더 늘어났다. 또한 일찍이 누려 보지 못했던 여가도 많이 생겼다. 하지만 그들은 많은 난관에 부딪혔다. 예를 들면, 그해도 다 저물어 곡식을 거둬들였을 때, 농장에는 탈곡기가 없었다. 그래서 옛날식으로 발로 밟아 까서 겨를 입으로 불어 내야만 했다. 그러나 돼지들의 지혜와 복서의 놀라운 힘으로 이런 고난들을 무난히 극복했다. 복서는 모든 동물에게 칭찬의 대상이 되었다. 그는 존스 밑에서도 열심히 일했었지만, 이제는 말 세 마리 몫의 힘을 발휘하고 있었다. 농장의 모든 일이 그의 힘센 양어깨에 달려 있다고 생각되는 날들도 있었다. 아침부터 저녁까지 그는 열심히 일했고, 힘든 일이 생길 때마다 항상 모범을 보였다. 그는 젊은 수탉 한 마리에게 아침에 다른 동물들보다 반 시간 일찍 깨워 달라고 부탁해 놓고는 정규 일과가 시작되기 전에 가장 필요하다고 생각되는 일에 자발적으로 나섰다. 문제가 생길 때마다 곤란에 부딪힐 때마다 그의 대답은 '더욱 열심히 일하자!'였는데, 그는 이것을 자신의 좌우명으로 삼았다.

그러나 모든 동물은 각자의 능력에 따라 일했다. 예를 들면, 암탉과 오리들은 수확 때 떨어진 이삭을 주워 모아서 열 말 정도 곡식을 늘렸다. 훔치는 동물도 없었고, 식량의 배급에 대해 불평하는 동물도 없었다. 옛날 같으면 싸움질도 하고 물어뜯기도 하며 질투하는 일이 다반사였지만, 지금은 그런 일들이 거의 사라졌다. 어떤 동물도, 아니 거의 모든 동물이 꾀를 부리지 않았다.

사실 몰리는 늦잠을 자거나 발굽에 돌이 끼었다는 핑계로 일찌감치 일을 걷어치우는 버릇이 있었다. 그리고 고양이의 거동도 어딘가 다르긴 했다. 할 일이 있을 때마다 고양이가 없어졌다. 고양이는 몇 시간 동안이나 사라졌다가 식사 때나 일이 끝난 저녁 무렵 태연스럽게 나타나곤 했다. 그렇지만 그때마다 항상 그럴듯한 변명을 늘어놓았고, 무척 다정스럽게 목을 가르랑거리는 소리가 매력적이라 고양이의 선의를 믿지 않을 수 없었다.

당나귀 벤저민 영감은 반란 이후에도 전혀 변하지 않은 것 같았다. 그는 존스 씨가 있을 내와 마찬가지로 느릿느릿 자기 고집대로 일을 했다. 그리고 주어진 일을 피하려고 하지도 않았지만 여분의 일을 자발적으로 하려고도 하지 않았다. 반란과 그 결과에 대해서 그는 아무런 의견도 표시하려고 하지 않았다. 존스 씨가 없으니까 전보다 행복하지 않으냐고 물으면, 그는 다만 "당나귀는 오래 살아. 너희 중 아무도 죽은 당나귀를 본 적이 없어." 하고 말하곤 했다. 그러면 다른 동물들은 이 알쏭달쏭한 대답에 만족하곤 했다.

일요일에는 일을 하지 않았다. 아침 식사는 평상시보다 한 시간 늦었고, 아침 식사 후에는 매주 어김없이 거행되는 의식이 있었다. 먼저 기(旗) 게양식이 있었다. 스노볼의 설명에 따르면 깃발의 녹색은 영국의 푸른 들판을 상징하고, 발굽과 뿔(소련의 깃발은 망치와 낫)은 마침내 인류를 정복했을 때 수립될 미래의 '동물 공화국'을 상징한다는 것이었다.

게양식이 끝나면 모든 동물은 '회합'으로 알려진 총회에 참석하기 위해 큰 창고로 들어갔다. 여기서 다음 주의 작업 계획이 세워지고 결의안을 제출하여 토론을 벌였다. 결의안 제출은 언제나 돼지들 몫이었다. 다른 동물들은 투표는 할 줄 알았지만 그들 스스로 결의안을 생각해 내지는 못 했다.

스노볼과 나폴레옹이 토론에서 가장 활발했다. 그러나 이들 둘은 서로 의견이 일치한 적이 한 번도 없었다. 어느 한쪽이 무언가를 제안하면, 다른 쪽은 언제나 반대를 했다. 일을 할 수 없게 된 동물들의 휴양지로 과수원 뒤의 조그만 잔디밭을 떼어 놓자고 결정했을 때도(이 제안 자체에는 아무도 이의를 제기하지 않았다) 동물들에 대한 명확한 정년 시기를 두고 격론이 벌어졌다. 회합은 늘 '영국의 가축들'을 합창하는 것으로 폐막되었고, 오후는 오락 시간으로 할애되었다.

돼지들은 마구 창고를 자기네 본부로 정했다. 여기서 밤이 되면, 농장 집에서 가져온 책으로 대장장이 일이며, 목공 일이며, 기타 필요한 기술 등을 공부했다. 스노볼은 다른 동물들을 이른바 '동물 위원회'로 조직하는 일에 바빴다. 그는 이 일에 대해서 지칠 줄 모르는 끈기를 발휘했다. 그는 읽고 쓰는 것을 배우는 학급을 만드는 것 외에도 암탉들에게는 '계란 생산 위원회', 암소들에게는 '꼬리 청결 동맹', '야생 동지 재교육 위원회(이것은 쥐와 토끼를 길들이는 것이 목적이었다)', 양들에게는 '흰털 운동' 등 그 밖에도 갖가지 조직을 만들게 했다.

그러나 대체로 이런 계획은 실패로 끝났다. 가령, 야생 동물들을 길들이려는 시도는 그 즉시 실패로 돌아가고 말았다. 야생 동물들은 계속해서 예전과 다름없이 행동했고, 관대하게 대하면 마냥 기어오르는 것이었다. 고양이는 '재교육 위원회'에 참가해서 며칠 동안은 부적 적극적이었다. 그는 어느 날 지붕 위에 앉아 멀리 떨어져 있는 참새들과 이야기를 해 보았다. 모든 동물이 하나같이 동지이므로 참새들도 원한다면 자기 발등에 와서 앉아도 좋다고 말했다. 하지만 참새들은 가까이 오려 하지 않았다.

그런데 읽고 쓰는 학습반은 대성공이었다. 가을이 되었을 무렵 농장에 있는 동물들은 대부분 어느 정도는 읽고 쓸 줄 알았다.

돼지들은 이미 읽고 쓰기를 완전히 깨쳤다. 개들은 꽤 잘 읽을 줄 알았지만, 7계명 이외의 다른 글을 읽는 것은 별로 흥미가 없는 모양이었다.

염소 뮤리엘은 개보다 좀 더 잘 읽을 줄 알았고, 때때로 쓰레기 더미에서 발견한 신문지 조각을 들고는 다른 동물들에게 읽어 주기도 했다.

벤저민은 여느 돼지 못지않게 잘 읽을 수 있었지만, 자기 실력을 제대로 발휘한 적은 한 번도 없었다. 그는 자기가 보기엔 읽을 만한 것이 아무것도 없다고 했다.

클로버는 알파벳을 전부 익혔지만 말을 이을 줄 몰랐다. 복서는 D까지밖에 몰랐다. 그는 커다란 발굽으로 땅 위에 ABCD를 쓰고 난 다음, 귀를 뒤로 젖히고 가끔 이마의 갈기를 흔들면서 글자를 뚫어지게 바라보며 열심히 다음 글자를 생각해 내려고 애썼지만, 끝내 성공하지 못했다. 사실 여러 번 EFGH까지 배웠지만, 그 글자들을 외우면 언제나 ABCD를 잊어버리고 마는 것이었다. 마침내 그는 처음의 네 글자로 만족하기로 하고, 날마다 한두 번씩 기억을 되살려 그 글자들을 써 보곤 했다. 몰리는 자기 이름 여섯 글자 이외에는 아무것도 배우려 하지 않았다. 그녀는 작은 나뭇가지로 자기 이름을 예쁘게 맞춰 보고는 꽃 한두 송이로 그것을 장식한 다음 그 주위를 맴돌면서 감탄해 마지 않았다.

그 밖의 다른 동물들은 A자 이상을 배우지 못했다. 양이나 암탉이나 오리 같은 우둔한 동물들은 7계명조차 암기하지 못한다는 사실이 밝혀졌다. 심사숙고한 끝에 스노볼은, 7계명은 요컨대 '네 다리는 좋고, 두 다리는 나쁘다!'라는 금언 한마디로 요약할 수 있다고 말했다. 그는 이 격언에 동물주의의 기본 원칙이 들어 있다고 말했다. 이 말을 충분히 파악하고 있으면, 어떤 동물이든 인간의 영향을 받지 않는다는 것이었다. 새들은 처음에 이의를 제기했다. 왜냐하면 자기들도 다리가 둘이라고 생각했기 때문이다. 그러나 스노볼은 그렇지 않다고 증명해 주었다.

"동지 여러분! 새의 날개는 손과 같이 조작하는 기관이 아니고 추진 기관입니다. 그렇기 때문에 날개는 다리로 간주되어야 합니다. 인간의 특징은 손으로서, 이것이야말로 일체의 악덕을 자행하는 도구인 것입니다."

새들은 스노볼의 긴 설명을 이해할 수 없었지만, 일단 그의 말을 받아들였다. 그래서 우둔한 동물들은 이 새로운 금언을 암기하기 시작했다. '네 다리는 좋고, 두 다리는 나쁘다!'라는 글자가 창고 벽 한쪽 구석, 7계명 위쪽에 그보다 큰 글자로 쓰였다. 양들은 일단 이것을 암기하고 나자 무척 마음에 들었는지, 들판에 누워 있을 때면 '네 다리는 좋고, 두 다리는 나쁘다! 네 다리는 좋고, 두 다리는 나쁘다!'라고 외치곤 했는데, 몇 시간씩이나 지칠 줄 모르고 외쳐 댔다.

나폴레옹은 스노볼의 위원회에 대해서는 관심이 없었다. 그는 어린것들의 교육이 장성한 동물들의 교육보다 훨씬 중요하다고 말했다. 마침 제시와 블루벨은 건초를 거둬들인 후에 새끼를 낳았는데, 양쪽 합해서 아홉 마리나 되는 튼튼한 강아지였다. 새끼 강아지들이 젖을 뗄 무렵이 되자, 나폴레옹은 그들의 교육은 자신이 맡겠다고 하면서 어미로부터 새끼들을 데려갔다. 그는 그들을 마구 창고에서 사다리를 타야 올라갈 수 있는 지붕 밑 다락방에 데려다 놓았다. 이렇게 외딴곳에 떨어져 있었기 때문에 나머지 농장 동물들은 그들의 존재를 잊어버리고 말았다.

우유의 행방에 대한 수수께끼는 곧 밝혀졌다. 그것은 매일 돼지들의 먹이 속에 섞여 들어갔다. 풋사과가 익기 시작하면서 과수원의 풀밭에는 바람에 떨어진 사과들이 여기저기 흩어져 있었다. 동물들은 모두 이 사과를 공평하게 나누어 가질 것으로 생각했다. 그러나 어느 날, 떨어진 사과를 전부 모아서 돼지들의 식용으로 마구 창고로 가져오라는 명령이 떨어졌다. 이 소리를 듣고 몇몇 다른 동물은 투덜거렸지만 아무런 소용이 없었다. 돼지들은 모두 이 점에 대해서 찬성했고, 스노볼과 나폴레옹까지도 그것을 당연한 것처럼 받아들였다. 다른 동물들에게 필요한 설명을 해 주기 위해 스퀼러가 파견되었다.

"동지 여러분!"

그는 외쳤다.

"여러분은 우리 돼지들이 이기심과 특권 의식에서 이런 일을 하고 있다고 생각하진 않겠지요? 우리 중에는 사실 우유와 사과를 좋아하지 않는 돼지가 많습니다. 나 자신도 싫어하는 편입니다. 우리가 이것들을 먹는 단 하나의 목적은 우리 건강을 유지하기 위해서입니다. 우유와 사과는 — 동지 여러분, 이것은 과학적으로 증명되었습니다 — 돼지의 건강에 절대적으로 필요한 물질을 함유하고 있습니다. 우리 돼지들은 머리를 쓰는 일꾼입니다. 이 농장의 모든 관리와 조직이 우리 손에 달려 있습니다. 밤낮으로 우리는 여러분의 복지를 위해 애를 씁니다. 우리가 우유를 마시고 사과를 먹는 것은 바로 여러분을 위해서입니다. 우리 돼지들이 의무를 다하지 못한다면 무슨 일이 일어날지 알고 있습니까? 필시 존스 씨가 돌아올 것입니다! 그렇소, 그가 돌아올 것이오! 동지 여러분, 틀림없습니다."

스퀼러는 이리저리 걸어 다니며 꼬리를 흔들어 대면서 거의 하소연하듯이 외쳤다.

"여러분 중에서 존스 씨가 돌아오기를 바라는 자는 분명 아무도 없겠지요?"

이제 동물들이 절대적으로 확신하는 것이 하나 있다면, 그것은 존스 씨가 돌아오는 것을 모두가 바라지 않는다는 사실이었다. 설명을 듣고 나자 그들은 더 이상 아무 말도 하지 않았다. 돼지들의 건강을 유지시키는 것이 중요하다는 것은 모두에게 너무나 명백해졌다. 그래서 더 이상 토의 없이 우유와 떨어진 사과(그리고 다 익었을 때 추수할 사과의 대부분까지)는 돼지들만을 위해 비축해 두어야 한다는 의견은 승인되고 말았다.


4


늦여름이 되었을 무렵, 동물 농장에서 일어났던 일들은 날로 퍼져 주(州)의 절반 이상이 알고 있었다. 스노볼과 나폴레옹은 날마다 비둘기들을 날려 보내 이웃 농장의 동물들과 어울려 그들에게 '반란' 이야기를 들려주고 '영국의 가축들'이라는 노래를 가르쳐 주도록 했다.

그동안 존스는 윌링던에 있는 '레드 라이언' 술집에 죽치고 앉아서 자기 이야기를 들어주는 사람이면 누구든지 붙들고, 자기가 극악무도한 동물들에게 소유지를 빼앗기고 내쫓겼다는 불평을 늘어놓으며 허송세월을 하고 있었다. 다른 농장주들은 그에게 동정을 표하기는 했지만, 처음에는 별다른 도움을 주려 하지 않았다. 오히려 각자 속으로는 존스 씨의 불행을 어떻게든 자기에게 유리하게 이용해 보려고 남몰래 궁리하고 있었다.

동물 농장 근처에 있는 두 농장의 소유주가 서로 사이가 좋지 않다는 것은 천만다행이었다. 그 두 농장 가운데 하나인 '폭스우드'라고 불리는 구식 농장은 넓기는 하지만 제대로 돌보지 않아 나무들이 무성하게 자랐고, 목장 전체가 황폐해졌으며, 울타리는 볼품없이 엉성했다. 그런데도 이 농장의 주인인 필킹턴 씨는 워낙 천하태평인지라 낚시와 사냥으로 세월을 보냈다.

또 하나의 농장인 '핀치필드'는 크기는 그보다 작았지만 관리가 잘되어 있었다. 이 농장의 소유주인 프레더릭 씨는 영리하고 빈틈없는 사람인데, 항상 소송에 연루되어 있어 부당한 거래를 한다는 평을 듣고 있었다. 이 두 농장주는 서로를 몹시 싫어하는 사이였기 때문에 사사건건 서로의 의견에 반대하고 나섰다. 심지어 자신들의 이익 옹호에 관한 것에서조차 의견이 상반되었다.

그럼에도 불구하고 이번만은 그들 두 사람도 동물 농장의 반란 소식을 듣고 깜짝 놀라 자기네 동물들에게 이런 사실이 알려질까 봐 조마조마해 했다. 처음에 그들은 동물들이 직접 농장을 경영한다는 말을 듣고 그냥 웃어 넘겼다. 그들은 모든 것이 하룻밤도 못 가 끝장날 거라고 말했다. 그들은 매너 농장('동물 농장'이라는 이름은 용납할 수 없었기 때문에 고집스럽게 '매너 농장'이라고 불렀다)의 동물들은 그렇게 버텨 싸우다가 마침내는 굶어 죽고 말 것이라는 소문을 퍼뜨렸다. 그러나 시간이 지나도 동물들이 굶어 죽지 않자, 프레더릭과 필킹턴은 태도를 바꾸어 동물 농장에서 행해지는 무서운 잔학상에 대해 떠벌리기 시작했다. 그 농장에 있는 동물들은 서로 잡아먹는 일을 자행하고 있으며, 벌겋게 단 편자로 서로 고문을 하는가 하면, 암놈들을 공유한다는 소문을 퍼뜨렸다. 자연의 법칙을 거역하면 결국 이렇게 되는 법이라고 프레더릭과 필킹턴은 떠들었다.

하지만 이런 이야기들은 결코 그대로 먹혀들지 않았다. 인간들이 쫓겨나고 동물들이 모든 것을 경영하고 있다는 멋진 농장에 관한 소문은 막연히 왜곡된 상태로 계속 퍼져 나갔고, 그해 내내 그 지방 일대에서는 반란의 파동이 그치지 않았다. 말 잘 들던 황소들이 갑자기 사나워지고, 양들이 울타리를 넘어뜨리고 토끼풀을 죄다 먹어 버리는가 하면, 암소들은 우유 통을 차

버리고, 사냥 말들은 담을 뛰어넘기를 거부하며 타고 있는 사람을 길 건너편으로 내팽개치기도 했다.

무엇보다 '영국의 가축들'이라는 노래의 곡조와 심지어는 가사까지도 널리 퍼지게 되었다. 이것은 놀랄 만큼 급속도록 퍼져 나갔다.

인간들은 이 노래를 듣고 경멸하는 표정으로 무시하려 했지만, 끓어오르는 분노를 참을 수가 없었다. 그들은 아무리 동물이라고는 하지만 어쩌면 이렇게 너절하고 바보 같은 노래를 부르게 되었는지 알 수 없다고 빈정거렸고, 어떤 동물이든 이 노래를 부르다 발각되면 즉각 채찍질을 가했다.

그러나 이 노래를 막을 수는 없었다. 지빠귀는 울타리에서, 비둘기는 느릅나무에서 이 노래를 불렀다. 그리고 그 곡조는 대장간의 소음과 교회 종소리 속으로 섞여 들어갔다. 인간들은 그 노래에 귀를 기울이다가 그 속에서 미래의 운명에 대한 예언을 알아차리고는 남몰래 치를 떨었다.

10월 초, 곡식을 거두어 쌓아 올리고 그중 일부를 타작까지 해 놓았을 때, 갑자기 비둘기 떼가 공중에서 빙빙 돌더니 무척 흥분한 모습으로 동물 농장 마당에 내려앉았다. 존스와 그의 일꾼들이 폭스우드와 핀치필드에서 온 남자 여섯 명을 데리고 빗장이 다섯 개 달려 있는 문을 지나 농장으로 통하는 마찻길을 올라오고 있다는 것이었다. 그들은 모두 몽둥이를 들고 있었는데, 존스 씨만은 손에 총을 들고 앞장서서 오고 있었다. 분명히 그들은 농장의 탈환을 기도하고 있는 듯했다.

오래전부터 이런 일을 예상하고 있었으므로 만반의 준비가 빈틈없이 되어 있었다. 농장 집에서 발견한 율리우스 카이사르(줄리어스 시저)의 낡은 전기(戰記)를 일찍부터 연구해 왔던 스노볼은 방어 작전의 지휘를 맡았다. 그는 재빨리 명령을 내렸고, 2~3분 후 모든 동물이 각자 제 위치에 섰다.

인간들이 농장 건물에 근접해 오자, 스노볼은 첫 공격을 개시했다. 비둘기 서른다섯 마리가 일제히 사람들 머리 위로 날아가 공중에서 똥을 내리갈겼다. 사람들이 이를 처리하고 있는 동안 울타리 뒤에 숨어 있던 거위들이 갑자기 뛰쳐나와 사람들의 종아리를 매섭게 쪼아 댔다. 그러나 이것은 혼란을 약간 일으키기 위한 가벼운 전초전에 불과했으므로 사람들은 몽둥이로 거위들을 쉽사리 몰아낼 수 있었다.

스노볼은 두 번째 공격을 개시했다. 뮤리엘과 벤저민과 모든 양은 스노볼을 선두로 해서 돌진해 사람들을 사방에서 찌르고 떠받았다. 특히 벤저민은 뒤로 돌아서서 작은 발굽으로 사람들을 호되게 후려갈겼다. 그러나 이번에도 몽둥이와 징을 박은 구두를 신은 사람들이 그들보다 훨씬 강했다. 그때 갑자기 스노볼이 퇴각 신호로 '꽥' 하고 비명을 지르자, 동물들은 즉각 몸을 돌려 문을 지나 마당으로 도망쳤다.

사람들은 승리의 환호성을 올렸다. 그들은 예상한 대로 적이 도망가는 것을 보고 무작정 추격했다. 이것이야말로 스노볼의 전략이었다. 그들이 마당 한가운데로 들어서자마자 외양간에 잠복해 있던 말 세 마리와 암소 세 마리, 그리고 남은 돼지들 모두가 일제히 사람들 뒤에서 나타나 퇴로를 차단했다. 그러자 스노볼이 공격 명령을 내렸다. 스노볼 자신이 직접 존스 씨를 향해 돌진했다. 존스 씨는 그가 달려드는 것을 보자 총을 발사했다. 탄환은 스노볼의 등에 찰과상을 남기며 날아가 양 한 마리를 쓰러뜨렸다. 스노볼은 200파운드(약 90kg)나 되는 육중한 몸을 곧장 존스 씨의 다리를 향해 날렸다. 존스 씨는 총을 떨어뜨린 채 거름 더미 위에 나가떨어졌다.

그러나 무엇보다 가장 간담을 서늘하게 한 장면은 복서가 종마(種馬)처럼 뒷발로 딛고 일어서서 징 박은 커다란 발굽으로 후려치는 모습이었다. 그는 최초의 일격으로 폭스우드에서 온 마구간지기 소년의 정수리를 받아 신흙 바닥에 쭉 뻗게 만들었다.

이 광경을 보자 다른 사람들이 몽둥이를 내던지고 도망치기 시작했다. 그들은 공포에 사로잡혀 있었다. 모든 동물이 일제히 마당을 빙빙 돌며 그들을 추격했다. 사람들은 뿔로 받히기도 하

고 발에 차이고 물리고 짓밟혔다.

농장의 동물들 중 제 나름대로 사람들에게 복수를 하지 않은 동물은 한 마리도 없었다. 고양이까지도 느닷없이 지붕에서 소몰이꾼 어깨 위로 뛰어내리면서 발톱으로 할퀴는 바람에 그는 무서워서 비명을 질렀다. 사람들은 마당을 뛰쳐나와 큰길로 도망친 뒤에야 겨우 안도의 숨을 내쉬었다.

이렇게 해서 침입한 지 5분도 못 되어 그들은 거위 떼의 야유를 받고 종아리를 마구 뜯기면서 조금 전에 왔던 그 길로 불명예스러운 후퇴를 하고 말았다.

사람들은 한 명만 빼놓고 전부 도망쳤다. 마당에서는 복서가 진흙 속에 얼굴을 처박고 엎어져 있는 마구간지기 소년을 발굽으로 흔들면서 바로 눕히려고 애쓰고 있었다. 소년은 꼼짝도 하지 않았다.

"소년이 죽었어."

복서가 슬픈 듯이 말했다.

"그럴 생각은 없었는데, 발에 징을 박고 있다는 걸 깜박 잊었지 뭐야. 하지만 일부러 그런 건 아니라는 걸 누가 믿어 줄까?"

"감상은 절대 금물이오, 동지 여러분! 전쟁은 전쟁이오. 유일하게 착한 인간이란 죽은 자뿐이란 말이오."

스노볼이 외쳤다. 그의 상처에서는 아직도 피가 뚝뚝 떨어지고 있었다.

"난 목숨을 빼앗을 생각은 없었어요. 사람의 목숨이라도 말입니다."

이렇게 되풀이해서 말하는 복서의 눈에는 눈물이 흥건히 괴어 있었다.

"몰리는 어디 갔지?"

누군가가 소리쳤다.

정말 몰리가 보이지 않았다. 잠시 동안 술렁거림이 일었다. 사람들이 몰리에게 상처를 입혔거나 아니면 끌고 가 버렸는지도 모른다며 모두들 걱정했다. 그러나 마침내 외양간의 여물통 건초 속에 머리를 처박고 숨어 있는 그녀를 발견할 수 있었다. 몰리는 총소리가 나자 이내 도망쳐서 숨어 버린 것이었다. 그들이 몰리를 찾아내고 돌아와 보니, 사실은 잠시 실신해 있었던 마구간지기 소년이 이미 의식을 되찾고는 도망쳐 버리고 없었다.

동물들의 흥분은 이제 절정에 달해서 다시 모여 제각기 소리를 지르며 전쟁의 공적에 대해 큰 소리로 떠벌렸다. 즉석에서 승전 축하회가 열렸다. 기가 게양되고, '영국의 가축들' 노래를 몇 차례 부르고 나서, 전사한 양을 위해 엄숙한 장례식을 치른 뒤 무덤가에 산사나무 한 그루를 심었다. 스노볼은 무덤 옆에서 짤막한 연설을 통해, 필요하다면 모든 동물은 동물 농장을 위해 목숨을 바칠 각오가 되어 있어야 한다고 역설했다.

동물들은 '동물 영웅 제1급'이라는 무공 훈장을 제정할 것을 만장일치로 결의했다. 이 훈장은 즉석에서 스노볼과 복서에게 수여되었다. 이것은 놋쇠로 만들어진 메달(마구 창고에서 발견한 진짜 마구의 놋쇠 판이었다)로, 일요일과 휴일에 착용하도록 했다. 또한 '동물 영웅 제2급'이라는 훈장도 있었는데, 이것은 전사한 양에게 추서되었다.

이 전투에 이름을 붙이기 위해 활발한 토론이 벌어졌는데, 결국 복병이 튀어나온 곳이 외양간이라 그냥 '외양간 전투'라고 이름 붙였다. 존스의 총은 진흙 속에 나뒹굴고 있었다. 그리고 농장 집에 탄약통이 여러 개 있다는 것도 확인되었다. 그 총은 대포처럼 깃대 아래 꽂아 두었다가 일 년에 두 번 '외양간 전투' 기념일인 10월 12일과 '반란 기념일'인 6월 24일에 축포로 쏘기로 결정했다.


5


겨울이 다가오면서 몰리는 점점 골칫덩어리로 변해 가고 있었다. 그녀는 매일 아침 늦게 일터에 나타나서는 늦잠을 잤다고 변명하기 일쑤였으며, 또 괜히 몸이 아프다고 불평하기도 했다. 하지만 식욕은 대단히 왕성했다. 그녀는 핑계 있을 때마다 일하는 곳에서 빠져나와 우물에 가서 자기 모습을 바보처럼 비추어 보곤 했다. 그러나 보다 더 심각한 소문이 나돌기 시작했다.

어느 날 몰리가 즐거운 듯이 마당으로 나와 긴 꼬리를 흔들며 건초 줄기를 씹고 있을 때, 클로버가 그녀를 한쪽으로 데려가서 말했다.

"몰리, 당신에게 진지하게 할 말이 있어요. 오늘 아침에 보니까 당신이 동물 농장과 폭스우드 농장 사이의 울타리 너머를 넘겨다보더군요. 필킹턴 씨의 일꾼이 울타리 건너편에 서 있었죠. 그리고 난 멀리 떨어져 있긴 했어도 똑똑히 볼 수 있었어요. 그 사람이 당신에게 말을 걸고 당신의 코를 쓰다듬는데도 당신은 가만히 있었어요. 몰리, 도대체 어떻게 된 겁니까?"

"아니야! 난 거기 없었어요! 그건 사실이 아니에요!"

몰리는 소리를 지르며 이리저리 날뛰더니 땅을 박차기 시작했다.

"몰리, 내 얼굴을 똑바로 쳐다봐요! 그 사람이 당신의 코를 쓰다듬지 않았다는 걸 당신의 명예를 걸고 말할 수 있나요?"

"그건 사실이 아니에요!"

몰리는 되풀이해서 말했지만 클로버의 얼굴을 똑바로 쳐다

볼 수가 없었다. 그다음 순간, 몰리는 들판으로 달음박질쳤다.

클로버에게 문득 한 가지 생각이 떠올랐다. 그는 다른 동물들 몰래 몰리의 외양간으로 가서 발굽으로 짚더미를 헤쳐 보았다. 짚더미 속에는 작은 각설탕 한 덩이와 여러 가지 색깔의 리본 다발이 숨겨져 있었다.

사흘 후, 몰리는 결국 자취를 감추고 말았다. 몇 주일 동안 아무도 그녀의 행방을 모르고 있었는데, 어느 날 비둘기가 윌링던 건너편에서 몰리를 보았다고 보고해 왔다. 그녀는 어느 술집 앞 빨간색과 검은색으로 칠한 멋있는 이륜마차의 굴대 사이에 서 있었는데, 바둑판무늬의 바지와 반장화를 신은 뚱뚱하고 얼굴이 불그스레한 술집 주인처럼 보이는 남자가 몰리의 코를 쓰다듬으면서 각설탕을 먹여 주고 있더라는 것이었다. 그녀는 털을 새로 깎고, 앞이마 갈기에는 자주색 리본을 달고 있었으며, 즐거워 보이더라고 비둘기가 말했다. 그 후 아무도 다시는 몰리에 대해 언급하지 않았다.

정월이 되자 맹추위가 엄습해 왔다. 땅은 쇳덩이처럼 딱딱하게 얼어붙었고, 밭일은 아무것도 할 수가 없었다. 큰 창고에서는 회합이 빈번히 열렸고, 돼지들은 다가오는 봄철에 할 일을 계획하느라 정신이 없었다. 비록 투표에 의한 다수결 원칙에 따라 승인을 받긴 했지만, 다른 동물들보다 확실히 영리한 돼지가 농장

정책에 관한 모든 문제를 결정하는 것으로 양해되어 있었다.

이 일은 스노볼과 나폴레옹 사이에 논쟁만 없었더라도 무척 순조롭게 진행되었을 것이다. 그러나 이들은 의견 충돌의 기미만 있으면 어디서든지 충돌했다. 어느 한쪽이 넓은 면적에 보리를 심자고 하면 다른 한쪽은 반드시 귀리를 더 많이 심어야 한다고 주장했고, 이러이러한 밭에는 양배추를 심는 것이 좋다고 하면 상대방은 거기에는 뿌리채소 이외에는 아무것도 안 된다고 반박했다.

제각기 지지자가 있어 때로는 격론이 벌어지기도 했다. 회의 석상에서는 스노볼이 그 뛰어난 언변으로 대다수 동물들을 자기편으로 끌어들였지만, 나폴레옹은 평소에 자신의 지지표를 모아 두는 재주가 있었다. 그는 특히 양들을 선동하는 데 성공했다. 최근에도 양들은 '네 다리는 좋고, 두 다리는 나쁘다!'고 소리를 질러 대곤 했는데, 그들은 이런 방법으로 회의를 방해하는 일이 가끔 있었다. 특히 스노볼이 연설하는 도중에 중요한 대목에 이르면 '네 다리는 좋고, 두 다리는 나쁘다!'라고 외쳐 댔다.

스노볼은 농장 집에서 발견한 〈농민과 목축업자〉라는 해묵은 잡지 몇 권을 면밀하게 검토하고 나서, 여러 가지 혁신과 개량에 대한 계획을 세워 놓고 있었다. 그는 배수로, 사일로의 꼴

저장법, 기본 슬래그 등에 관해서 유식하게 이야기를 늘어놓았고, 짐수레 운반의 노동력을 덜기 위해 모든 동물이 매일 장소를 바꾸어 직접 밭에 가서 배설하도록 하는 복잡한 계획을 생각해 냈다.

나폴레옹은 자기 계획을 내놓지는 못했지만, 스노볼의 계획은 결국 실패할 것이라고 조용히 말하고는 때를 기다리고 있는 것 같았다. 그러나 여러 논쟁 가운데서 풍차에 관한 것만큼 격렬한 것은 없었다.

농장 건물에서 그리 멀지 않은 기다란 목장에는 이 농장에서 제일 높은 곳인 작은 언덕이 있었다. 스노볼은 지형을 설명한 후, 이곳이 풍차를 세우는 데 적당한 장소이며 그 풍차로 발전기를 돌려 농장에 전기를 공급할 수 있다고 말했다. 이렇게 되면 마구간을 환하게 밝힐 수 있고, 겨울에도 따뜻하게 지낼 수 있으며, 둥근톱과 작두, 사료 분쇄기, 전기 착유기(搾油機) 등을 사용할 수도 있다는 것이었다.

동물들은 지금까지 이런 것을 들어 본 적이 없었다(이 농장은 구식이었기 때문에 아주 원시적인 기계밖에 없었다). 그래서 그들은 한가롭게 들판에서 풀을 뜯어 먹고 있을 때나, 독서와 담화로 교양을 쌓고 있는 동안에 자기들을 대신해서 일해 줄 수 있는 환상적인 기계에 대해서 스노볼이 설명하자 그만 넋을 잃고 들고 있었다.

몇 주일 내로 스노볼의 풍차에 관한 계획은 실행에 옮겨졌다. 기계 설계는 존스가 가지고 있던 책 세 권, 즉 《가내 공업 천 가지》, 《누구나 할 수 있는 벽돌 제조》, 《전기학 입문》 등에서 뽑아 낸 것이었다.

스노볼은 예전에 인공 부화장으로 쓰던 광을 서재로 이용했다. 그곳은 마룻바닥이 매끄럽고 반듯해서 설계도를 그리기에 안성맞춤이었기 때문이다.

그는 그곳에 처박혀 몇 시간 동안이나 꼼짝 않고 있었다. 책을 펼쳐 돌로 눌러 놓고, 분필을 발가락 사이에 끼우고 민첩하게 이리저리 움직이면서 선을 여러 갈래 그어 대면서 흥분하여 코를 그르렁거리기도 했다.

설계도가 점점 크랭크와 톱니바퀴로 복잡해지면서 마룻바닥의 절반 이상을 차지해 버렸다. 다른 동물들은 전혀 이해하지 못했지만 깊은 감명을 받은 듯했다. 동물들은 적어도 하루에 한 번 정도는 스노볼의 설계도를 보러 왔다. 암탉과 오리까지도 찾아와서 분필로 그린 선을 밟지 않으려고 애쓰면서 걸어 다녔다.

오직 나폴레옹만이 냉담한 태도를 취하고 있었다. 그는 처음부터 이 계획에 반대를 표명했었다. 그런데 어느 날, 그가 뜻밖에도 설계도를 검토하러 왔다. 그는 무거운 발걸음으로 광 주위를 돌면서 설계도를 자세히 들여다보았다. 그러고는 한두 번 콧방 귀를 뀌면서 잠시 곁눈질로 쳐다보더니, 갑자기 한쪽 다리를 쳐 들어 설계도 위에 오줌을 내갈기고는 아무 말 없이 나가 버렸다.

농장 전체는 풍차 문제로 심각하게 분열되었다. 스노볼도 이 것이 힘든 사업이라는 것을 부인하지 않았다. 돌을 날라 와 벽 을 세워야 했고, 풍차 날개도 만들어야 했으며, 그다음엔 발전 기와 전선이 필요했다(이런 것들을 어떻게 구할 것인지에 대해서 스노볼은 아무 말도 하지 않았다). 하지만 그는 일 년이면 이 모든 일을 끝낼 수 있다고 호언장담했다. 그리고 이 사업이 완성되고 나면 노동력이 많이 절약되기 때문에 동물들은 일주일에 사흘 만 일하면 된다고 했다.

한편 나폴레옹은 당장 시급한 것은 식량 증산이며, 풍차에 매 달려 시간을 허비하다가는 전부 굶어 죽게 된다고 역설했다. 동 물들은 두 파로 나뉘어 '스노볼과 1주 3일 일하기 운동'과 '나 폴레옹과 배불리 먹기 운동'이라는 표어 아래 뭉쳤다. 벤저민만 이 어느 파에도 가입하지 않은 유일한 동물이었다. 그는 식량이 더욱 증산될 것이라는 것도, 또 풍차가 노농력을 딜어 줄 것이 라는 것도 믿지 않았다. 풍차가 있든 없든 생활은 지금과 마찬 가지로 고생스러울 것이라고 그는 말했다.

풍차를 둘러싼 논쟁 외에도 농장 방어에 대한 또 다른 문제가 있었다. 인간들이 외양간 전투에서 패배하긴 했지만, 그들이 농장을 탈환해서 존스를 복귀시키려고 보다 단단한 계획을 다시 세우고 있을 것이라는 점은 충분히 짐작할 수 있었다. 인간들이 패배했다는 소식이 인근 지방으로 퍼진 탓에 이웃 농장에서는 동물들을 예전보다 다루기 힘들어졌기 때문에 사람들은 이런 계획을 세워야 할 이유가 더욱 커진 것이다.

이 점에 있어서도 스노볼과 나폴레옹은 여전히 의견 일치를 보지 못했다. 나폴레옹의 주장에 따르면, 동물들이 해야 할 일은 총포를 구입해서 그 사용법을 훈련하는 것이었다. 그 반면에 스노볼은 더욱더 많은 비둘기를 보내어 다른 농장의 동물들에게 반란을 일으키도록 선동해야 한다고 주장했다. 한쪽은 자기 방어를 하지 않으면 반드시 정복당할 것이라고 주장했고, 다른 한쪽은 반란이 도처에서 일어난다면 자기방어의 필요성은 없어질 것이라고 주장했다. 동물들은 처음에 나폴레옹의 주장에 귀를 기울이다 다음에는 스노볼의 이야기를 들었지만, 어느 쪽이 옳은지 판단하기 어려웠다. 사실 그들은 누구든 열변을 토하면 곧장 거기에 솔깃해졌던 것이다.

드디어 스노볼의 설계가 완성되었다. 그래서 그다음 일요일 회합에서 풍차 설치를 위한 작업에 착수할 것인지의 여부를 투표로 결정하기로 했다.

동물들이 큰 창고에 집합하자 스노볼이 먼저 일어나서, 때때로 양들이 '매에' 하며 훼방하는 가운데 풍차를 세우려는 이유를 설명했다. 다음에 나폴레옹이 일어나서 응수했다. 그는 풍차란 무의미한 것이니 아무도 이 안에 찬성투표를 하지 말라고 아주 조용히 말한 다음 곧바로 자리에 앉았다. 그는 겨우 39초 동안 연설했으며, 자기가 한 말의 효과에 대해서는 거의 관심도 없는 것 같았다.

그러자 스노볼이 벌떡 일어나서 또다시 떠들어 대는 양들에게 소리를 질러 조용히 시키고는 풍차 건설에 찬성해 달라고 열렬히 호소했다. 이때까지만 해도 동물들은 거의 반반으로 갈려 있었다. 하지만 스노볼의 열변은 순식간에 그들의 마음을 사로잡았다. 그는 열띤 어조로, 천박한 노동이라는 무거운 짐이 동물들의 등에서 벗겨지는 날에 전개될 동물 농장의 광경을 그려 보였다.

그의 상상력은 이제 작두나 순무를 얇게 써는 기계 정도가 아니라 그보다 훨씬 앞선 영역에까지 미치고 있었다. 전기를 쓰면 모든 외양간에 전등과 냉온수와 선기 난방기를 기설할 수 있을 뿐만 아니라, 탈곡기와 쟁기와 써레와 롤러와 수확기와 바인더도 가동시킬 수 있게 될 것이라고 말했다.

그가 연설을 끝낼 무렵에는 표결 결과가 이미 결정된 거나 마

찬가지였다. 그러나 바로 이때 나폴레옹이 일어나서 스노볼을 노려보더니, 지금까지 누구도 들어 보지 못한 날카로운 소리를 질러 댔다.

그러자 문밖에서 무섭게 개 짖는 소리가 들려오더니, 놋쇠 단추가 달린 목걸이를 한 큰 개 아홉 마리가 창고 안으로 뛰어 들어왔다. 그들은 곧장 스노볼에게 달려들었다. 스노볼은 재빨리 자리를 박차고 뛰쳐나가 개들의 날카로운 이빨을 간신히 피할 수 있었다. 하지만 개들이 그 뒤를 쫓는 바람에 추격전이 시작되었고, 깜짝 놀란 동물들은 문 쪽으로 몰려나와 그 모습을 바라보고 있었다.

스노볼은 큰길로 통하는 기다란 목장을 가로질러 달려갔다. 그는 돼지가 뛸 수 있는 최대 속도로 뛰었지만, 개들은 곧 그 뒤까지 바싹 따라붙었다. 갑자기 그가 미끄러졌다. 개들이 분명히 그를 붙잡은 것 같았다. 그러나 그는 다시 일어나 전보다 더 빨리 달렸고, 개들은 또다시 그를 따라붙었다. 그중 한 마리가 스노볼의 꼬리를 이빨로 거의 물 뻔했지만, 스노볼은 재빨리 꼬리를 휘둘러 겨우 화를 모면했다. 그러고 나서 그는 안간힘을 써서 불과 몇 인치를 사이에 두고 울타리 사이의 구멍으로 빠져나가 자취를 감추어 버렸다.

동물들은 공포에 질려 입을 다문 채 창고로 슬금슬금 돌아왔다. 개들도 재빨리 뛰어 돌아왔다. 처음에는 이 개들이 어디서 왔는지 누구도 상상을 못 했지만 의문은 이내 풀렸다.

그들은 젖 뗄 무렵부터 나폴레옹이 어미로부터 격리시켜 은밀히 길러 온 강아지들이었다. 아직 어미 개처럼 자라지는 않았지만, 거대한 체구에 늑대처럼 사나운 얼굴을 하고 있었다. 그들은 나폴레옹 곁에서 잠시도 떠나지 않았다. 다른 개들이 존스에게 한 것과 똑같이 나폴레옹을 보고 꼬리를 흔들고 있었다.

나폴레옹은 개들을 거느리고 전에 메이저가 연설했던 높은 단상으로 올라갔다. 그는 앞으로 일요일 아침 회합은 중지한다고 선언했다. 그런 회합은 불필요한 시간 낭비라고 말했다. 앞으로 농장 운영에 관한 모든 문제는 자신이 의장직을 맡고 있는 돼지들의 특별 위원회에서 결정하겠다는 것이었다. 이 위원회는 비밀회의로 하며, 그들의 결정은 후에 다른 동물들에게 통고하겠다고 했다. 동물들은 앞으로도 일요일 아침에 모여 기에 경례를 하고, '영국의 가축들'을 노래하며, 그 주일의 일에 대해 명령을 받겠지만 더 이상 토론은 없을 것이라고 말했다.

동물들은 스노볼의 추방으로 큰 충격을 받은 데다 이런 말까지 듣게 되자 몹시 당황했다. 적당한 의견만 생각났더라면 항의했을 동물도 상당수 있었다. 복서까지도 어쩐지 심기가 불편했다. 그는 귀를 뒤로 젖히고 몇 번이나 앞머리를 흔들며 생각을 정하려 애썼지만, 결국 아무 말도 할 수 없었다. 몇몇 돼지들은 그래도 좀 더 똑똑하게 의사 표시를 했다. 앞줄에 앉은 식용 돼지 네 마리는 불만의 소리를 높이며 모두가 한꺼번에 벌떡 일어나서 지껄이기 시작했다. 그러나 나폴레옹의 주위에 앉아 있던 개들이 위협하듯 낮게 으르렁거리자 돼지들은 조금씩 조용해지는가 싶더니 그냥 주저앉아 버렸다. 그러고 나서 양들이 '네 다리는 좋고, 두 다리는 나쁘다!' 하고 큰 소리로 외치며 15분 가까이 계속 떠들어 댔기 때문에 토론 기회를 영영 놓치고 말았다.

나중에 스퀼러가 농장 여기저기를 돌아다니며 다른 동물들에게 새로운 조치를 설명해 주었다.

"동지 여러분, 나폴레옹 동지가 스스로 하지 않아도 될 수고를 희생적으로 한 것에 대해, 여기에 있는 모든 동물이 감사히 생각하고 있으리라고 나는 확신합니다. 동지 여러분, 지도한다는 것이 즐거운 일일 거라고 생각하지 마십시오! 그것은 오히려 굉장히 무거운 책임을 지는 일입니다. 모든 동물이 평등하다는 것을 나폴레옹 동지만큼 확고하게 믿는 이도 없을 겁니다. 동지 여러분이 스스로 결정할 수만 있다면, 그는 그것을 오히려 기쁘게 생각했을 것입니다. 그러나 동지 여러분, 여러분은 때때로 잘못된 결정을 내릴 우려가 있습니다. 그렇게 된다면 우리는 도대체 어떻게 되겠습니까? 여러분이 스노볼의 미치광이 놀음 같은 풍차 계획을 따르기로 결정했다고 생각해 보십시오. 우리가 현재 알고 있는 바와 같이, 스노볼은 죄인에 불과한 자가 아닙니까?”

“그는 외양간 전투에서 용감하게 싸웠습니다.”

누군가가 말했다.

“용감하다는 것만으로는 충분하지 않습니다. 충성과 복종이 더욱 중요합니다. 그리고 외양간 전투에 대해 말할 것 같으면, 스노볼이 해낸 일은 과장되어 있다는 것을 깨닫게 될 때가 머지않았음을 나는 믿고 있습니다. 동지 여러분! 규율, 철통같은 규율! 이것이 오늘의 표어입니다. 한 발짝만 잘못 디디면 적들이 우리를 제압하고 말 것입니다. 동지 여러분, 여러분은 존스 씨가 다시 오기를 바라진 않겠지요?”

스퀼러가 물었다.

그 말만은 또 다른 반론이 있을 수 없었다. 정녕 동물들은 존스의 복귀를 원치 않았다. 만일 일요일 아침에 갖는 토론이 존스 씨를 돌아오게 만들 가능성이 있다면, 그런 토론은 당장 중지할 수밖에 없었다.

복서는 그때까지 충분히 여러 가지를 생각해 볼 시간을 가졌으므로 이런 말로 자기 의견을 표시했다.

“만일 나폴레옹 동지가 그렇게 말한다면 그것이 옳겠지요.”

그리고 이때부터 그는 '더 열심히 일하자'라는 개인적인 표어에 덧붙여서 '나폴레옹은 언제나 옳다!'라는 금언을 쓰기로 했다.

이때쯤 날씨가 풀렸기 때문에 봄갈이가 시작되었다. 스노볼이 풍차의 설계도를 그렸던 조그만 방은 폐쇄되어 버렸다. 마룻바닥의 설계도도 지워졌으리라고 동물들은 생각했다. 일요일 아침 10시마다 동물들은 큰 창고에 모여 그 주일의 작업 명령을 하달받았다.

살점이 완전히 떨어져 나간 메이저 영감의 두개골이 과수원에서 파내어져 깃대 밑에 있는 그루터기 위에 총과 나란히 안치되었다. 기를 게양한 후, 동물들은 창고로 들어가기 전에 일렬로 서서 정중하게 두개골 앞을 행진했다.

이제 동물들은 예전처럼 모두 한자리에 둘러앉을 수가 없었다. 나폴레옹은 스퀼러와, 노래와 시에 탁월한 재능을 가진 미니머스라는 이름의 돼지를 거느리고 높은 연단 앞에 앉았고, 그 주위에 젊은 개 아홉 마리가 반원형으로 진을 치고 있었으며, 뒤에는 다른 돼지들이 자리를 차지하고 있었다. 나머지 동물들은 창고 한가운데에 자리를 잡고 이들과 마주보고 앉아야 했다. 그리고 나폴레옹이 군인처럼 무뚝뚝한 자세로 그 주일의 하달 사항을 큰 소리로 읽어 주면, 동물들은 '영국의 가축들'을 한 번 부르고 나서 모두 해산했다.

스노볼이 추방된 후 세 번째 맞은 일요일, 나폴레옹이 결국 풍차를 짓기로 했다는 발표를 듣자 동물들은 깜짝 놀랐다. 그는 마음을 바꾸게 된 이유에 대해 일언반구 설명도 없이, 다만 이 특별 사업은 아주 힘든 일이며 식량 배급량을 줄일 필요가 있을지도 모른다고 경고했을 뿐이었다. 하지만 그 설계는 마지막 상세한 부분까지 이미 준비가 완료되어 있었다. 돼지들의 특별 위원회가 지난 3주일 동안 그 작업을 수행해 왔던 것이다. 풍차 건설은 다른 여러 가지 개량 사업과 함께 2년이 걸린다고 했다.

그날 저녁 스퀼러는, 나폴레옹이 사실은 풍차 계획에 반대했던 것은 아니었다고 다른 동물들에게 넌지시 설명해 주었다. 반대로, 처음에 그 안을 생각해 낸 것은 나폴레옹이었으며, 스노볼이 인공 부화장으로 쓰던 광의 방바닥에 그린 설계도도 사실은 나폴레옹의 서류에서 훔친 것이라고 했다. 원래 풍차는 나폴레옹의 독창적인 생각이라는 것이었다.

그렇다면 왜 그토록 강력히 반대했느냐고 누군가가 그에게 물었다. 그러자 스퀼러는 아주 능청스러운 표정을 지으면서 그것은 나폴레옹 동지의 꾀라고 말했다. 나폴레옹이 풍차를 반대하는 척한 것은, 다만 스노볼이 위험한 인물로서 나쁜 영향력을 갖고 있었기 때문에 그를 제거하려는 작전에 불과했다는 것이었다. 그리고 이제 스노볼이 없어졌기 때문에 이 계획은 그의 방해 없이 진행될 수 있다고 했다. 이것이 이른바 전술이라는 것이라고 스퀼러는 말했다.

그는 유쾌한 듯 꼬리를 흔들면서 이리저리 뛰어다니며 "전술이요, 동지 여러분, 전술입니다!"라고 몇 번이나 되풀이해서 말했다. 동물들은 그 말이 무슨 뜻인지 이해할 수가 없었다. 하지만 스퀼러의 말이 워낙 설득력 있는 데다가 그와 함께 있던 개세 마리가 위협하듯 으르렁거렸기 때문에 더 이상 질문도 못하고 스퀼러의 설명을 받아들였다.


6


그해 내내 동물들은 노예처럼 일했다. 그러나 그들은 일을 하면서도 행복했다. 그들은 자기들이 하는 모든 일이 자신들은 물론 후세의 이익을 위한 것이지 결코 빈둥거리며 도둑질이나 하는 인간들을 위한 것이 아님을 잘 알고 있었기에, 그 어떤 노력이나 희생도 아끼지 않았다.

봄과 여름 내내 그들은 주당 60시간씩 일했다. 그런데 8월이 되자 나폴레옹은 앞으로는 일요일 오후에도 일을 한다고 발표했다. 이 일은 엄격히 지원제에 따른 것이었지만, 여기에 참여하지 않는 동물은 식량 배급이 반으로 줄었다. 그렇게까지 일을 했지만 어떤 일은 끝내지 못하고 남겨 둘 수밖에 없었다. 수확은 지난해보다 조금 줄어들었고, 초여름에 뿌리채소류의 씨를 뿌려야 할 두 군데 밭에는 밭갈이가 늦어져 아직 씨를 뿌리지 못했다. 다가올 겨울은 고생스러울 것이 불을 보듯 뻔했다.

풍차는 뜻밖의 난관에 봉착했다. 농장에는 질 좋은 석회암 채석장이 있었고, 모래와 시멘트는 부속 건물에 하나 가득 있었다. 다시 말해 건축에 필요한 재료는 모두 다 갖추어진 셈이었다. 동물들이 처음에 해결해야 할 문제는 돌을 적당한 크기로 자르는 것이었다. 방법은 곡괭이와 쇠지렛대를 사용하는 수밖에 없었다. 그런데 동물들은 뒷다리만으로는 서 있을 수 없어 그런 도구를 사용할 수가 없었다.

몇 주일에 걸쳐 헛된 노력을 반복한 후에야 비로소 누군가의 머리에 좋은 생각이 떠올랐다. 말하자면 지구의 중력을 이용하는 것이었다. 그대로 쓰기에는 너무나 큰 돌들이 온통 채석장 바닥에 깔려 있었다. 동물들은 암소, 말, 양뿐만 아니라 밧줄을 잡을 수 있는 동물들은 다 동원해(아주 급할 때는 돼지들까지 합세했다) 이것에 밧줄을 매 필사적으로 조금씩 채석장 비탈을 올라가 꼭대기에서 밑으로 떨어뜨려 여러 조각으로 부서지게 했다.

일단 돌이 쪼개지면 운반하는 것은 비교적 간단했다. 말들은 마차로 날랐고, 양들은 한 덩어리씩 끌어 날랐으며, 뮤리엘과 벤저민까지도 낡은 이륜마차에 멍에를 메고 제 몫을 해냈다. 마침내 늦여름이 되자 돌이 충분하게 쌓여 돼지들의 감독 아래 공사가 진행되었다.

그러나 이것은 더디고 힘든 공정이었다. 돌덩이 단 한 개를 채석장 꼭대기까지 끌어 올리느라 꼬박 하루가 걸릴 때도 여러 번 있었으며, 낭떠러지로 밀어 떨어뜨렸는데도 돌이 깨지지 않을 때도 있었다.

복서가 없었다면 아무것도 할 수 없었을 정도로, 그의 힘은 다른 동물들의 힘을 모두 합친 것과 맞먹었다. 돌덩어리가 미끄러지면서 동물들이 질질 끌려 언덕 아래로 떨어져 내려가며 절망적인 비명을 지르기 일쑤였는데, 그때마다 밧줄을 몸에 감아 잡아당겨서 돌덩어리가 떨어지는 것을 막는 것은 언제나 복서였다. 그가 가쁜 숨을 내쉬면서 발굽 끝을 땅에 세우고 커다란 배를 땀으로 흠뻑 적신 채 한 치 한 치 비탈을 올라가는 모습을 보면서 동물들은 모두 감탄을 금지 못했나.

클로버는 때로 너무 무리하지 않도록 조심하라고 충고했지만, 복서는 귀담아들으려고 히지 않았다. 그의 표어 두 개, 즉 '더 열심히 일하자!'와 '나폴레옹은 언제나 옳다!'가 그로서는 모든 질문에 대한 충분한 대답인 듯했다.

그는 젊은 수탉에게 부탁하여 매일 아침 다른 동물들보다 30분 일찍 깨우게 하던 것을 45분 일찍 깨우게 했다. 그리고 요즘은 그럴 시간도 별로 없었지만, 그래도 틈만 나면 혼자 채석장으로 가서 다른 동물들의 도움 없이 깨진 돌들을 한 무더기 모아 풍차를 세울 장소로 끌고 갔다.

동물들은 그해 여름 동안 일은 고됐지만 생활만은 그리 궁색하지 않았다. 존스 시절에 비해 더 많은 식량을 배급받지는 못했지만, 적어도 그때보다 못한 편은 아니었다. 자기들끼리만 먹으면 되었고, 사치스러운 인간 다섯 명을 부양하지 않아도 된다는 것이 대단한 이점으로 작용했다. 때문에 많은 실패가 있다 하더라도 그것을 충분히 보상하고도 남음이 있었다.

게다가 여러 가지 면에서 동물들이 일을 하는 방식은 보다 능률적이어서 힘도 덜 들었다. 예를 들면, 잡초 제거 같은 일은 인간들로서는 도저히 할 수 없을 정도로 철저하게 해냈다. 그리고 동물들은 이제 도둑질을 하지 않았기 때문에 경작지와 목장 사이에 울타리를 칠 필요가 없었다. 이것은 울타리나 문 따위를 보수하는 데 드는 상당량의 노동력을 덜어 주었다.

그러나 한여름이 지나면서 예기치 못한 여러 가지 부족한 점이 피부로 느껴지기 시작했다. 파라핀유, 못, 끈, 개가 먹을 과자, 그리고 편자를 만들 쇠가 필요했는데, 이런 것들은 하나도 농장에서 만들어 낼 수가 없었다. 나중에는 여러 가지 도구 이외에 씨앗과 인공 비료도 필요해졌으며, 마침내 풍차에 사용할 기계도 마련해야만 했다. 하지만 이런 것들을 어떻게 만들어 내야 할지 아무도 상상할 수 없었다.

어느 일요일 아침, 동물들이 작업 명령을 하달받기 위해서 모였을 때, 나폴레옹은 새로운 정책을 결정했다고 발표했다. 이제부터 동물 농장은 이웃 농장과 교역을 하겠다는 것이었다. 물론 이것은 상업적인 목적에서가 아니라 단지 급히 필요한 물자를 얻기 위해서라는 것이었다. 풍차에 필요한 물품들은 다른 모든 것에 우선해야 한다고 그는 말했다. 그래서 그는 건초 더미와 금년도 보리 수확량의 일부를 팔기로 작정했고, 나중에 돈이 더 필요해지면 윌링던에 있는 상설 계란 시장에 계란을 팔아서 충당해야 한다고 했다. 암탉들은 풍차 건설을 위한 특별 봉사로서 이러한 희생을 기꺼이 받아들여야 한다고 나폴레옹은 말했다.

동물들은 다시 한 번 막연한 불안감을 느끼지 않을 수 없었다. 인간들과는 어떤 관계도 맺지 않는다는 것, 상거래를 하지 않는다는 것, 돈을 사용하지 않는다는 것, 이런 것들이야말로 존스 씨를 쫓아내고 나서 최초로 열린 승리의 회합에서 결정된 사항이 아니었던가? 동물들은 이런 결의가 통과되었던 것을 기억하고 있었다. 아니, 적어도 기억하고 있는 것처럼 여겨졌다. 나폴레옹이 회의를 폐지했을 때 항의했던 젊은 돼지 네 마리가 머뭇거리면서 말을 꺼내려 했으나, 개들이 무섭게 으르렁대는 바람에 곧 입을 다물고 말았다. 그러자 여느 때처럼 양들이 '네 다리는 좋고, 두 다리는 나쁘다!' 하고 합창을 해 한때 험악했던 분위기도 다소 누그러졌다.

마침내 나폴레옹은 앞발을 쳐들고 조용히 하라고 한 다음, 자기는 벌써 모든 교섭을 마쳤노라고 말했다. '인간과 직접 접촉하는 것은 가장 바람직하지 못한 일이다. 그래서 여러분에게 그런 일이 생기지 않게끔 모든 책임을 나 혼자서 떠안을 작정'이라고 했다. 이제 윌링던에 거주하는 윔퍼라는 지방 변호사가 동물 농장과 외부 세계와의 중개자가 될 것을 동의했으므로, 나폴레옹의 지시를 받기 위해 월요일 아침마다 이 농장을 방문하기로 되어 있다는 것이다. 나폴레옹은 여느 때처럼 "동물 농장 만세!"를 외치며 연설을 끝냈고, 동물들은 '영국의 가축들'을 합창한 뒤 해산했다.

나중에 스킬러가 농장을 돌며 동물들의 마음을 가라앉혔다. 그는 상거래를 하지 않겠다는 안과 돈을 사용하지 않겠다는 안에 대한 결의는 통과된 적이 없고, 또 그런 안은 제안조차 한 일이 없다고 동물들에게 다짐을 해 두었다. 그것은 순전히 공상이며, 아마도 근거가 있다면 그것은 처음에 스노볼이 퍼뜨린 거짓 말에서 비롯된 것일 거라고 말했다.

몇몇 동물들이 그래도 여전히 의심을 품자 스퀼러는 그들에게 날카롭게 질문했다.

"동지 여러분! 그게 여러분이 꾼 꿈이 아니라고 확신할 수 있습니까? 그런 결의를 했다는 기록이라도 있습니까? 어디에 그런 것이 명시되어 있습니까?"

그런 것이 기록으로 남아 있지 않음은 분명한 사실이었기 때문에 동물들은 자기들이 잘못 생각하고 있거니 하고 만족했다.

월요일마다 윔퍼 씨는 약속한 대로 농장을 찾아왔다. 그는 교활해 보이는 얼굴에 구레나룻을 기른 체구가 작은 남자로, 그다지 유능하지 않은 지방 변호사였다. 그러나 아주 영악해서, 누구보다도 먼저 동물 농장에는 중개인이 필요하며 그 수수료가 만만치 않으리라는 것을 눈치챈 듯했다.

동물들은 그가 출입하는 것을 두려움을 안고 지켜보았으며, 될 수 있는 한 그와 마주치지 않으려 했다. 그럼에도 불구하고, 네 다리로 서 있는 나폴레옹이 두 다리로 선 윔퍼에게 명령을 내리는 모습은 그들에게 자부심을 불러일으켰고, 이 새로운 결정에 얼마간 만족해 하기까지 했다. 이제 인간과 그들의 관계는 아주 판이하게 달라져 있었다.

그러나 번창해 가는 현재의 동물 농장에 대한 인간들의 증오심은 오히려 전보다 더 심해졌다. 사람들은 누구나 이 농장이 조만간 붕괴될 것이고, 그중에서도 풍차 계획은 실패로 끝나리라는 것을 신조처럼 믿고 있었다. 그들은 선술집에서 만나면 풍차는 틀림없이 실패할 것이며, 설사 세워진다 해도 결코 가동되지 못할 거라고 그림과 도표를 그려 가며 서로에게 증명해 보이곤 했다. 그러면서도 그들은 동물들이 일을 처리해 나가는 효율성에 대해서는 일종의 존경심마저 갖고 있는 듯했다. 그 한 가지 예로서, 그들은 동물 농장을 그 이름대로 제대로 부르기 시작했고, '매너 농장'이라고 부르던 것을 그만두었다. 그들은 또한 존스 씨를 옹호하지 않았으므로 존스 씨도 농장을 다시 찾겠다는 희망을 접은 채 다른 고장으로 이주해 버렸다.

윔퍼를 통해서가 아니면 동물 농장과 외부 세계와의 접촉은 가능하지 않았다. 하지만 나폴레옹이 폭스우드의 필킹턴 씨나 핀치필드의 프레더릭 씨 중 어느 한 사람하고 일정한 거래협정을 맺으려 한다는 소문이 파다하게 퍼졌다. 그러나 두 사람과 동시에 협정을 맺지는 않으리라는 것이 지배적인 의견이었다.

돼지들이 갑자기 농장 집으로 이사를 하여 그곳에 거주하게 된 것은 바로 이 무렵이었다. 동물들은 다시 초기에 이것을 반대하는 결의가 통과되었었다는 사실을 상기하는 것 같았다. 스퀼러는 이번에도 그것은 사실무근이었다고 동물들을 설득했다. 그는 농장의 두뇌인 돼지들에게는 일을 할 수 있는 조용한 장소가 절대적으로 필요하다고 말했다. 게다가 영도자(요즈음 그는 나폴레옹을 말할 때 '영도자'라는 칭호를 썼다)의 위신에 걸맞으려면 보통 돼지우리보다는 이 집에 사는 것이 더 어울린다고 말했다. 그럼에도 불구하고, 몇몇 동물들은 돼지들이 부엌에서 식사를 하고 응접실을 휴게실로 사용할 뿐 아니라 침대에서 잠까지 잔다는 말을 듣고는 당황스러워했다.

복서는 여느 때처럼 '나폴레옹은 언제나 옳다!'라는 금언으로 무마해 버렸지만, 침대 사용을 금한다는 엄격한 규칙이 기억에 남아 있던 클로버는 창고 끝으로 가서 거기에 쓰여 있는 7계명을 읽어 보려고 했다. 그녀는 각각의 글자를 따로따로 읽을 수밖에 없었기 때문에 뮤리엘을 데리고 갔다.

"뮤리엘, 넷째 계명을 읽어 줘 봐요. 절대로 침대에서 자서는 안 된다는 말 아닌가요?"

뮤리엘은 더듬거리면서 한 자 한 자 읽어 내려갔다.

"어떤 동물도 시트가 깔린 침대에서 자서는 안 된다고 쓰여 있어요."

클로버는 아무리 생각해 봐도 넷째 계명에서 시트에 대해 언급되었다는 기억이 나질 않았다. 하지만 벽에 그렇게 쓰여 있다니 믿을 수밖에 없었다.

그런데 마침 개 두어 마리를 데리고 지나가던 스퀼러가 사태를 파악한 다음 문제를 곧바로 해결할 수 있었다.

"동지 여러분, 여러분은 우리 돼지들이 요즘 농장 집의 침대에서 잔다는 말을 들은 모양이지요? 그게 어떻단 말입니까? 설마 침대를 금하는 규칙이 있었다고 생각하는 것은 아니겠지요? 침대라는 것은 단순히 잠자는 장소를 뜻합니다. 외양간에 있는 짚더미도 엄밀히 따지면 침대입니다. 규칙은 인간이 만들어 낸 시트를 금하자는 겁니다. 우리는 농장 집 침대에서 시트를 치워 버리고 담요 사이에서 자고 있습니다. 그것도 정말 편한 침대더군요! 그러나 동지 여러분, 우리가 요즈음 해야 하는 정신적 노동에 비하면, 결코 분에 넘치는 편안함은 아닙니다. 동지 여러분, 여러분은 설마 우리의 휴식을 빼앗을 생각은 아니겠지요? 우리가 의무를 수행하지 못하게끔 우리를 피로하게 만들지는 않겠지요? 누구도 존스 씨가 다시 돌아오는 것을 원하지는 않겠지요?"

동물들은 이 점에 대해 즉각 그렇다고 말하고, 더 이상 돼지들이 농장 집 침대에서 자는 것에 대해 말하지 않았다. 그리고 그로부터 며칠 후, 이제부터 돼지들은 다른 동물들보다 한 시간 늦게 일어날 것이라고 발표했을 때도 아무런 불평을 하지 않았다.

가을이 되자 동물들은 다소 지쳐 있었지만 행복했다. 그들은 고생스러운 한 해를 보냈고, 건초와 옥수수 일부를 팔아 버려 겨울 양식을 충분히 저장할 수는 없었지만, 풍차를 생각하면 그 모든 걱정과 피로가 말끔히 사라졌다. 풍차는 이제 거의 반쯤 완성되어 있었다. 가을 추수가 끝난 후에도 한동안 건조하고 맑은 날씨가 계속되었다. 그래서 동물들은 풍차의 벽을 한 자라도 더 높이 쌓을 수만 있다면, 하루 종일 부지런히 돌덩이를 운반하는 일보다 더 가치 있는 일은 없다고 생각하며 전보다 더욱 열심히 일했다.

복서는 밤에도 나와서 가을 달빛을 받으며 한두 시간 동안 혼자서 일을 하곤 했다. 동물들은 여가 시간이면 반쯤 완성된 풍차 주위를 돌면서, 그 벽의 튼튼함과 높이에 감탄하면서 자기들이 어떻게 이렇게 훌륭한 것을 세울 수 있었던가 하고 짐짓 놀라기도 했다. 단지 벤저민 영감만은 여전히 풍차에 열의를 보이지 않았고, 언제나 그랬듯이 '당나귀는 오래 사는 짐승'이라는 수수께끼 같은 말 이외에는 아무 말도 하지 않았다.

사나운 남서풍과 함께 11월이 다가왔다. 날씨가 너무 축축해서 시멘트를 반죽할 수 없었기 때문에 공사를 중단해야만 했다.

그러던 어느 날 밤, 폭풍이 심하게 부는 바람에 농장 건물 전체가 흔들리더니 창고 지붕에서 기왓장 몇 개가 날아가 버렸다.

암탉들은 한결같이 멀리서 총소리가 들려오는 꿈을 꾸고는 공포에 질려 눈을 뜬 채 울고 있었다.

아침에 동물들이 우리에서 나와 보니 게양대는 쓰러져 있었고, 과수원 밑에 있는 느릅나무는 무처럼 뽑혀 있었다. 이 광경을 둘러보고 있던 동물들은 모두 비명을 질렀다. 무참한 장면이 그들의 눈에 들어왔기 때문이다. 풍차가 무너져 버린 것이다. 그들은 일제히 현장으로 달려갔다. 좀처럼 뛰지 않던 나폴레옹도 앞장서서 달렸다. 역시 풍차는 무너져 있었다. 악전고투의 결실이, 그들이 그렇게도 애써서 깨뜨리고 운반했던 돌들이 무너져 사방으로 흩어져 있었다.

모두들 처음에는 아무 말도 못한 채 단지 무너진 돌 더미를 비통한 표정으로 바라보고만 있었다. 나폴레옹도 말없이 왔다 갔다 하면서 가끔씩 땅에 코를 대고 쿵쿵거려 냄새를 맡아보았다. 그러더니 그의 꼬리가 빳빳해지면서 좌우로 떨렸다. 이것은 그가 강렬한 정신 활동을 하고 있다는 표시였다. 갑자기 그는 결심이라도 한 듯 멈춰 섰다.

“동지 여러분!”

하고 그는 조용히 말했다.

“이렇게 된 것이 누구 책임인지 알겠습니까? 밤중에 들어와서 우리 풍차를 부순 적이 누군지 아십니까? 스노볼입니다!”

그리고 갑자기 벼락같이 소리쳤다.

"스노볼이 이런 짓을 한 겁니다! 악의에 가득 찬 그자가 이곳에서 쫓겨난 분풀이로, 그 배반자는 야간을 틈타 이곳에 살짝 숨어 들어와 거의 1년에 걸친 우리의 공사를 파괴한 것입니다. 동지 여러분, 나는 이 자리에서 스노볼에게 사형을 선고합니다. 그를 처형하는 자에게는 '동물 영웅 제2급 훈장'을 수여하고 사과 반 부셸(과일, 곡물 등의 중량을 재는 단위)을 상으로 주겠습니다. 또 그를 생포하는 자에게는 1부셸(28.1kg)을 주겠습니다!"

동물들은 스노볼이 그처럼 못된 짓을 저질렀다는 데 대해 이루 말할 수 없는 충격을 받았다. 그들은 분노에 차서 소리를 지르며 모두들 만일 스노볼이 돌아온다면 어떻게든 그를 잡아 혼쭐을 내 주리라고 벼르고 있었다. 바로 그때 언덕에서 약간 떨어진 풀밭에서 돼지 발자국이 발견되었다. 그 발자국을 몇 야드 따라가 보니 울타리 구멍으로 통해 있었다. 나폴레옹은 그 발자국의 냄새를 열심히 맡아 보고 그것이 스노볼의 것이라고 단정했다. 그는 스노볼이 폭스우드 농장 쪽에서 온 것이 분명하다고 말했다.

"동지 여러분, 더 이상 지체할 수 없습니다! 할 일이 많습니다. 바로 오늘 아침부터 풍차 재건에 착수하여 비가 오거나 개거나 겨우내 작업을 계속해야 합니다. 저 파렴치한 배신자에게 우리 사업이 그렇게 쉽사리 무너질 수 없다는 것을 가르쳐 줍시다. 잊지 마시오, 동지 여러분, 우리 계획에는 절대로 변경이 있을 수 없다는 것을. 예정대로 실행하는 겁니다. 전진합시다, 동지 여러분! 풍차 만세! 동물 농장 만세!"

7

매서운 겨울이었다. 폭풍우가 진눈깨비와 눈으로 바뀌더니 이내 땅이 얼어붙어 2월이 지날 때까지 좀처럼 풀리지 않았다. 동물들은 혼신의 힘을 다해 풍차 재건에 힘썼다. 외부 세계가 자기들을 지켜보고 있는 데다가, 풍차가 제때에 준공되지 않으면 시기심 많은 인간들이 환호를 올리며 즐거워할 것임을 그들은 너무나 잘 알고 있었기 때문이다.

앙심을 품은 인간들은 풍차를 파괴한 자가 스노볼이라는 걸 믿지 않는 듯했다. 벽이 너무 얇아서 무너진 것이라는 식이었다. 동물들은 그렇지 않다는 것을 알고 있었지만, 만일을 위해 이번에는 벽 두께가 전처럼 18인치가 아니라 3피트로 두껍게 쌓기로 결정했다. 이것은 전보다 훨씬 많은 돌을 모아야 한다는 것을 뜻했다. 채석장에는 오랫동안 눈이 잔뜩 쌓여 있어 아무 일도 할 수 없었다. 뒤이어 건조하고 추운 날씨가 풀려 작업이 약간 진전되었지만, 그것은 생각만 해도 끔찍한 작업이었다. 동물들은 전처럼 희망을 느낄 수가 없었다. 그들은 언제나 추웠고, 늘 배가 고팠다. 복서와 클로버만이 용기를 잃지 않았다. 스퀄러는 봉사의 즐거움과 노동의 신성함에 대해서 더할 수 없이 훌륭한 연설을 했지만, 동물들은 복서의 힘과 그의 '더 열심히 일하자!'라는 지칠 줄 모르는 외침에서 오히려 더 감화를 받았다.

정월이 되자 식량이 부족했다. 옥수수 배급량은 줄어들었고, 그것을 보충하기 위해 감자를 더 배급할 것이라는 발표가 있었다. 그러나 감자는 대부분이 흙과 짚더미로 충분히 덮어 두지 않은 까닭에 서리를 맞아 얼어 버렸다는 것을 알게 되었다. 감자는 물컹물컹해지고 색깔이 변해서 먹을 수 있는 것은 얼마 안 되었다. 동물들은 어떤 때는 며칠 동안 왕겨와 사탕무만 먹어야 했다. 굶주림이 그들의 얼굴을 빤히 쳐다보는 것 같았다.

그러나 이런 사실을 외부에 알리지 않는 것이 절대적으로 필요했다. 풍차가 붕괴된 뒤로 용기를 얻은 인간들은 동물 농장에 대해 새로운 거짓말을 만들어 냈다. 동물들은 기아와 질병으로 거의 다 죽어 가고 있다는 둥, 끊임없이 자기들끼리 싸우고 서로 잡아먹고 새끼들을 죽인다는 둥의 소문이 또다시 퍼져 나갔다.

나폴레옹은 식량 사정의 진상이 알려지면 나쁜 결과가 초래

될 것을 잘 알고 있었으므로, 윔퍼 씨를 이용해서 정반대의 소문을 퍼뜨리기로 결심했다. 이제까지 동물들은 매주 찾아오는 윔퍼 씨와 거의, 아니 전혀 접촉을 하지 않았다. 그러나 나폴레옹은 대부분 양들로 구성된 몇몇 동물들을 선발하여, 윔퍼 씨가 듣는 앞에서 아주 자연스럽게 식량 배급이 늘었다고 말하라는 지시를 내렸다. 뿐만 아니라 나폴레옹은 저장 창고에 있는 거의 빈 식량 상자들을 모래로 가득 채우고 그 위를 남은 곡식과 밀기울로 덮게 했다.

그러고는 적당한 구실을 만들어 윔퍼 씨를 저장 창고로 안내한 다음 식량 상자를 슬쩍 들여다보도록 했다. 이에 속아 넘어간 윔퍼 씨는 동물 농장에는 절대로 식량이 부족하지 않다고 외부에 떠들고 다녔다.

그러나 정월 그믐이 가까워 오자 어디에선가 곡식을 구해 오지 않으면 안 될 형편이었다. 그 사이 나폴레옹은 거의 동물들 앞에 나타나지 않고 농장 집 안에서만 시간을 보냈다. 집 주위의 각 문마다 사납게 보이는 개들을 세워 감시하게 하고, 외출할 때도 개 여섯 마리의 호위를 받았다. 누구든지 가까이 접근하기만 하면 개들이 으르렁거렸다. 그런데다 일요일 아침에도 나타나지 않는 일이 잦아졌고, 명령은 다른 돼지, 대개는 스퀼러를 통해서 전달했다.

어느 일요일 아침, 스퀼러는 이제 막 알을 낳기 시작한 암탉들에게 계란을 바치라고 명령했다. 나폴레옹은 윔퍼 씨를 통해 매주 계란을 400개씩 팔겠다는 계약을 맺었다. 그 돈으로, 여름이 돌아와서 사정이 호전될 때까지 농장을 꾸려 가기 위한 곡식과 밀기울을 사들일 계획이었다.

암탉들은 이 말을 듣고 무시무시한 비명을 질러 댔다. 진작부터 이러한 희생이 있을지도 모른다는 통고를 받긴 했지만, 설마 그렇게 되리라고는 믿지 않았기 때문이다. 그들은 봄에 병아리를 까기 위해 알을 품으려는 참이었는데, 그 알들을 지금 가져간다는 것은 살육 행위나 다름없다고 항의했다. 존스 씨 추방 후 처음으로 반란 비슷한 사건이 일어난 것이다.

검은 미노르카종(種)인 젊은 암탉 세 마리의 지휘하에 암탉들은 나폴레옹의 계획을 무산시키기 위해 단호한 행동을 개시했다. 그들의 저항 방법은 서까래 위로 날아가서 알을 낳음으로써 바닥에 떨어뜨려 깨뜨리는 것이었다.

그러자 나폴레옹은 신속하고 무자비한 조치를 내렸다. 그는 암탉들의 먹이 배급을 중단하라고 명령한 뒤, 만약 옥수수 한 알이라도 주는 자는 사형에 처한다고 엄포를 놓았다. 개들은 이 명령이 지켜지도록 감시했다.

암탉들은 닷새 동안 버텼지만, 드디어 항복하고 닭장으로 돌아왔다. 그동안 암탉 아홉 마리가 죽었다. 그들의 시체는 과수원에 매장되었고, 콕시듐 병으로 죽었다고 발표되었다.

웜퍼 씨는 이 사건에 대해 아무런 기미도 눈치채지 못했고, 식료 잡화상 마차는 일주일에 한 번씩 농장에 들러 약속대로 계란을 실어 갔다.

이런 일이 벌어지고 있는 동안에도 스노볼의 모습은 보이지 않았다. 이웃 농장인 폭스우드에 있다거나 혹은 핀치필드에 숨어 있다는 등의 소문이 나돌 뿐이었다.

이즈음 나폴레옹과 다른 농장주들과의 관계는 전보다 약간 호전되어 있었다. 그런데 동물 농장 마당에는 10년 전에 너도밤나무 숲을 벌목할 때 쌓아 놓았던 목재 더미가 잘 마른 상태로 방치되어 있었다. 이것을 본 웜퍼 씨가 나폴레옹에게 그것을 팔도록 권했다. 필킹턴 씨는 물론 프레더릭 씨도 그것을 사고 싶어 했지만, 나폴레옹은 어느 쪽에 팔 것인지를 결정짓지 못하고 있었다. 그가 프레더릭과 계약을 맺으려고 할 때는 스노볼이 폭스우드 농장에 숨어 있다는 소문이 들렸고, 또 필킹턴 쪽으로 마음이 기울어질 때는 스노볼이 핀치필드 농장에 숨어 있다는 풍문이 돌았기 때문이다.

이른 봄에 갑자기 놀라운 사실이 밝혀졌다. 스노볼이 야밤을 틈타서 은밀히 동물 농장에 출입하고 있다는 것이었다. 이 말을 들은 동물들은 불안해서 도무지 잠을 잘 수가 없었다.

소문에 의하면, 그는 매일 밤 어둠을 틈타 몰래 들어와서 온갖 나쁜 짓을 다 저지른다는 것이었다. 옥수수를 훔치고 우유통을 뒤엎어 놓는가 하면, 계란을 깨고 묘목을 짓밟으며 과일나무의 껍질을 벗겨 놓는다는 것이었다. 그래서 그들은 뭔가 잘못된 일이 있으면 무조건 스노볼의 탓으로 돌리게 되었다. 창문이 깨지거나 배수구가 막혀도 누군가가 어김없이 스노볼이 밤에 와서 그렇게 해 놓았다고 불평을 했고, 식량 저장 창고의 열쇠가 없어져도 농장 동물 모두가 스노볼이 그것을 우물 속에 던져 버렸다고 믿었다. 이상한 것은, 잃었다던 열쇠를 밀기울 부대 밑에서 찾아냈을 때조차도 그들은 여전히 그렇게 믿었다. 암소들은 스노볼이 그들의 우리 속으로 몰래 들어와서 그들이 잠자고 있는 사이에 우유를 짜 갔다고 한결같이 입을 모아 주장했다. 그해 겨울 동안 두통거리였던 쥐들이 스노볼과 한패라는 말도 들렸다.

나폴레옹은 스노볼의 활동에 대해 철저하게 조사하라는 명령을 내렸다. 그리고 개들의 호위를 받으며 직접 나서서 농장 건물을 샅샅이 뒤지고 다녔다. 다른 동물들은 경의를 표하며 거리를 두고 그 뒤를 따랐다. 나폴레옹은 두서너 걸음 걷다가는 걸음을 멈추고 스노볼의 흔적을 더듬기 위해서 땅에 코를 대고 쿵쿵거렸다. 그는 냄새로 확인할 수 있다고 말했다. 그리고 창고에서, 외양간에서, 닭장에서, 채소밭에서 구석구석 냄새를 맡느라고 쿵쿵거렸고, 어느 곳에서나 스노볼의 흔적을 찾아냈다. 그는 코를 땅에 대고 몇 번 숨을 깊이 들이마신 다음 무시무시한 목소리로 이렇게 외쳐 댔다.

"스노볼이야! 그놈이 여기 왔었어! 분명히 냄새가 나는군!"

그러면 '스노볼'이라는 말이 나올 때마다 개들은 피가 얼어붙을 것 같은 소리로 으르렁거리며 이빨을 드러냈다. 동물들은 공포에 질렸다. 스노볼이 마치 눈에 보이지 않는 무서운 힘으로 주위의 공기 속으로 퍼져 음모를 꾸미고, 그들을 위협하는 것만 같았다.

저녁때 스퀼러는 그들을 한자리에 모아 놓고 어처구니없다는 표정을 지으며 중대한 소식을 전하겠다고 했다.

"동지 여러분!"

스퀼러는 신경질적으로 껑충껑충 뛰면서 외쳤다.

"아주 무서운 일이 밝혀졌습니다. 스노볼이 핀치필드 농장의 프레더릭에게 자신을 팔아넘기고, 그 프레더릭과 함께 우리를 공격해서 농장을 빼앗으려는 흉계를 꾸미고 있습니다! 공격이 시작되면 스노볼은 길잡이 노릇을 할 것입니다. 그러나 그보다 더 악랄한 일이 있습니다. 스노볼이 그의 허영과 야심 때문에 우릴 배반했다고 생각했는데, 그것은 잘못된 생각이었습니다. 동지 여러분, 진짜 이유가 무엇이었는지 알겠습니까? 스노볼은 처음부터 존스 씨와 한패였던 겁니다! 그는 늘 존스 씨의 비밀 첩자 노릇을 했습니다. 그런 사실이 우리가 지금 발견한, 그가 두고 간 서류로써 증명됐습니다. 동지 여러분, 이것으로 여러 가지 사실이 설명될 거라고 생각합니다. 그가 저 외양간 전투에서 우리에게 패배와 파멸을 안겨 주려고 한 것을 우리 스스로 목격하지 않았습니까? 다행히 그의 계획은 수포로 돌아갔지만 말입니다."

동물들은 혼란에 빠졌다. 그것이 사실이라면, 그야말로 풍차를 파괴한 것보다 훨씬 더 흉악한 짓이었다. 그러나 한참 동안 그들은 그 말을 어떻게 이해해야 할지 알 수 없었다. 그들은 스노볼이 외양간 전투 때 선두에 나서서 공격했고, 전세가 변할 때마다 번번이 그들을 규합하고 격려했으며, 존스 씨가 쏜 총탄이 그의 등에 상처를 냈을 때조차 한순간도 멈추지 않고 싸웠던 기억을 아직도 생생하게 갖고 있었다. 때문에 처음에는 이런 일이 어째서 그가 존스 씨 편이었다는 사실과 일치하는지 이해하기 어려웠다. 여간해서 의심을 하지 않는 복서까지도 어리둥절해 했다. 그는 앞발을 꿇고 앉아 지그시 눈을 감고 열심히 자기 생각을 정리하려고 애썼다.

"난 믿을 수가 없어요. 스노볼은 외양간 전투에서 용감하게 싸웠습니다. 내 눈으로 똑똑히 보았단 말예요. 그리고 우리는 '동물 영웅 제1급 훈장'을 그에게 수여했잖아요?"

그가 말했다.

"동지, 그것이 바로 우리의 잘못이었소. 이제야 그 사실을 알게 된 겁니다. 사실 그는 우리를 파멸로 이끌려고 했던 겁니다."

"하지만 그는 부상까지 당한 데다, 우리 모두 그가 피를 흘리는 것을 보았잖아요."

복서가 말했다.

"그것도 계략의 일부였단 말이오!"

스퀄러는 큰 소리로 외치면서 이리저리 뛰어다니며 이렇게 말했다.

"존스 씨의 총알은 그에게 경상을 입혔을 뿐이오. 여러분이 읽을 수만 있다면 직접 그가 쓴 것을 보여 줄 수도 있겠지만, 하여튼 그는 위급한 순간에 후퇴 신호를 내려 적에게 진지를 내주려는 음모를 꾸몄습니다. 그리고 자칫하면 그렇게 될 뻔했습니다. 동지 여러분, 우리의 영웅적인 지도자 나폴레옹 동시가 없었더라면 그의 계획은 성공했을 겁니다. 존스 씨와 일꾼들이 마당으로 들어섰을 때 스노볼이 갑자기 돌아서서 도망쳤고, 덩달아 많은 동물이 그 뒤를 쫓아갔었던 것을 여러분도 기억하고 있지 않습니까? 그리고 또 허둥지둥하며 모든 것이 끝장났다고 생각한 바로 그 순간에, 나폴레옹 동지가 '인간 타도!'라고 외치며 뛰쳐나와 존스 씨의 다리를 이빨로 물어뜯었던 것도 여러분은 기억하고 있지 않습니까? 동지 여러분, 분명히 그것을 기억하고 있겠지요?"

스퀼러가 너무나도 생생하게 그때의 장면을 설명하자, 동물들은 전투가 위기에 몰렸을 때 스노볼이 돌아서서 도망갔던 것이 기억났다. 그러나 복서는 아직도 뭔가가 석연치 않게 여겨졌다.

"나는 스노볼이 처음부터 배반자였다고는 믿지 않아요. 그가 나중에 한 일은 그렇다 하더라도 외양간 전투에서는 훌륭한 우리 동지였다고 생각합니다."

"우리의 지도자 나폴레옹 동지께서는 스노볼이 처음부터…… 그러니까 반란을 구상하기 훨씬 전부터 존스 씨의 첩자였다고 말씀하셨습니다."

스퀼러는 아주 단호하게 또박또박 말했다.

"아, 그렇다면 또 모르지요! 나폴레옹 동지가 그렇게 말했다면 그게 옳을 겁니다."

복서가 말했다.

"동지, 잘 생각했소!"

스퀼러가 외쳤다. 그러나 그의 번뜩이는 작은 눈은 무섭게 복서를 흘겨보았다. 그는 돌아서서 가다가 걸음을 멈추고 한마디 덧붙였다.

"내가 경고해 두겠는데, 이 농장의 모든 동물은 눈을 크게 뜨고 있어야 합니다. 스노볼의 비밀 첩자가 지금 이 순간에도 우리 사이에 숨어 있다고 생각할 만한 증거가 있기 때문입니다!"

그로부터 나흘 후, 늦은 오후에 나폴레옹은 동물들에게 모두 마당으로 모이라고 명령했다. 동물들이 집합하자 나폴레옹은 훈장 두 개를 달고(그는 최근에 '동물 영웅 제1급 훈장'과 '동물 영웅 제2급 훈장'을 자기 자신에게 수여했다) 농장 집에 나타났다. 그의 주위에서는 커다란 개 아홉 마리가 그의 신변을 호위하기 위해 이리저리 뛰어다니면서 으르렁거렸다. 동물들은 무언가 무서운 일이 일어날 것 같은 예감에 등골이 오싹함을 느끼며 각자 자기 자리에 쪼그리고 앉았다.

나폴레옹은 우뚝 서서 일동을 둘러보더니 날카로운 소리로 콧바람을 불었다. 즉시 개들이 앞으로 뛰쳐나와 돼지 네 마리의 귀를 물고는 고통과 공포로 울부짖는 그들을 나폴레옹의 발밑까지 끌고 갔다. 돼지들의 귀에서는 피가 흘렀고, 피 맛을 본 개들은 미친 듯이 한동안 날뛰었다. 모든 동물이 더욱 놀란 일은 개 세 마리가 복서에게 덤벼든 것이었다. 복서는 그들이 덤벼드는 것을 보자, 커다란 앞발굽을 내밀어 공중으로 뛰어드는 개

한 마리를 잡아채어 땅바닥에 짓눌렀다. 그 개가 살려 달라고 비명을 질러 대자 다른 두 마리는 꼬리를 감추며 도망쳤다. 복서는 이 개를 짓밟아 죽여 버릴 것인지, 아니면 살려 줄 것인지를 물어보듯 나폴레옹의 표정을 살펴보았다. 나폴레옹의 안색이 변하는 듯하더니 엄숙한 어조로 개들을 살려 주라고 명령했다. 복서가 발굽을 쳐들자, 개는 다친 몸을 이끌고 낑낑거리면서 도망쳤다.

이내 소란이 가라앉았다. 돼지 네 마리는 부들부들 떨면서 처분이 내려지기만을 기다리는 듯 잔뜩 겁에 질려 있었다. 나폴레옹은 그들에게 범행을 자백하라고 명령했다.

그들은 나폴레옹이 '일요 회의'를 폐지했을 때 항의를 한 돼지 네 마리였다. 얼마 다그치지도 않아서 그들은 스노볼이 추방된 뒤에 그와 계속 비밀리에 접촉해 왔고, 그에 가담해서 풍차를 파괴했으며, 동물 농장을 프레더릭 씨에게 넘겨주기로 이미 그와 협정을 맺었다고 자백했다. 그리고 스노볼이 지금까지 수년 동안 존스 씨의 비밀 첩자였음을 그들에게 슬며시 암시했다고 덧붙였다.

그들이 자백을 마치자 개들이 즉각 달려들어 그들의 목을 물어뜯어 버렸다. 나폴레옹이 무시무시한 소리로 다른 동물들 가운데는 자백할 자가 없느냐고 물었다.

계란 문제 때문에 반란을 주도했던 암탉 세 마리가 앞으로 나와, 꿈에 스노볼이 나타나서 나폴레옹의 명령에 따르지 말 것을 선동했다고 고백했다. 그러자 그들도 무참히 죽임을 당했다.

그다음에 거위 한 마리가 나와 지난해 수확기에 옥수수 여섯 알을 숨겨 두었다가 밤에 몰래 먹었다고 자백했다. 이어 양 한 마리가 나서서 자신은 식수용 우물에 오줌을 누었는데, 이것은 스노볼의 선동에 의한 것이었다고 자백했다. 다른 양 두 마리는 나폴레옹의 특별 숭배자인 늙은 숫양이 기침으로 고생하고 있을 때 모닥불 주위를 맴돌며 쫓다가 죽여 버렸다고 자백했다. 그들 역시 모두 그 자리에서 처형되었다.

이렇게 자백과 처형이 계속되자, 마침내 나폴레옹의 발밑에는 시체가 산더미같이 쌓였고 피비린내가 사방으로 퍼져 나갔다. 이것은 존스가 추방된 이래 처음 일어난 사건이었다.

모든 일이 마무리되자, 돼지와 개를 제외한 나머지 동물들은 모두 한 덩어리가 되어 슬금슬금 빠져나갔다. 그들은 충격을 받아 침통해 있었다. 스노볼과 공모한 동물들의 배신과 지금 목격한 잔인한 복수 중 어느 쪽이 더 큰 충격인지 그들은 알지 못했다. 전에도 이와 비슷한 유혈 사건을 가끔 본 적이 있었지만, 이번에는 같은 동지들 사이에서 일어난 일이었기에 한층 더 참혹하게 느껴졌다. 존스 씨가 농장에서 추방당한 후 오늘까지 어떤

동물도 같은 동물을 죽인 적이 없었고, 쥐 한 마리도 죽인 적이 없었기 때문이다.

그들은 반쯤 완성된 풍차가 있는 언덕으로 가서, 마치 몸을 따뜻하게 하려는 것처럼 한 덩어리가 되어 누웠다. 클로버, 뮤리엘, 벤저민, 암소들, 양들, 그리고 거위와 암탉들…… 고양이를 제외하고는 모두가 모여 있었다. 고양이는 나폴레옹이 동물들에게 집합하라고 명령하기 직전에 돌연 자취를 감추었던 것이다.

한동안 아무도 입을 열지 않았다. 복서만이 혼자 서 있었다. 그는 분주하게 왔다 갔다 하면서 기다란 검은 꼬리로 옆구리를 탁탁 치다가는 가끔 놀란 듯이 낮게 한숨을 내쉬었다. 마침내 그가 입을 열었다.

"나는 아무래도 이해할 수가 없어요. 이런 일이 우리 농장에서 일어나다니 도대체 믿을 수가 없어요. 아마 우리 자신이 어딘가 크게 잘못되었기 때문일 겁니다. 내가 보기에는 좀 더 열심히 일하는 것만이 상책인 듯싶어요. 그래서 이제부터 나는 아침에 한 시간 더 일찍 일어나겠습니다."

말을 마친 그는 육중하고 빠른 걸음으로 채석장으로 갔다. 그러고는 돌 두 짐을 계속 모아 풍차가 있는 곳까지 끌어다 놓고는 잠자리에 들었다.

동물들은 말없이 클로버 주위에 모여들었다. 그들이 누워 있는 언덕에서는 가까운 마을을 훤히 바라볼 수가 있었다. 동물 농장이 바로 눈앞에 펼쳐져 있었다.

큰길까지 쭉 뻗어 있는 긴 목장, 건초 밭, 작은 숲, 우물, 어린 밀 싹이 자라고 있는 밭, 굴뚝에서 연기가 모락모락 피어나는 농장 건물의 붉은 지붕들이 보였다. 맑게 갠 봄날 저녁이었다. 풀과 싹이 돋아나고 있는 울타리는 저녁 햇살을 받아 황금빛으로 빛나고 있었다. 지금까지 농장이 이처럼 멋있게 보인 적은 결코 없었다. 그리고 이것이 그들 자신의 농장이고, 구석구석까지도 그들 자신의 소유라는 것을 생각하자 이루 말로 표현할 수 없는 경이감마저 생겼다.

언덕 비탈을 내려다보던 클로버의 눈에 눈물이 가득 고였다. 만일 그녀가 자기 생각을 말할 수 있었다면, 그들이 수년 전에 인간을 전복시키는 일에 가담했을 때의 목적은 결코 이런 것이 아니었다고 말했을 것이다. 이와 같은 공포와 학살의 장면은 메이저 영감이 처음 그들에게 반란을 선동했던 그날 밤 그들이 기대했던 것이 아니었다. 클로버가 꿈꾸던 미래는 동물들이 굶주림과 매질로부터 해방되고, 모두가 평등하며, 각자 능력껏 일하고, 마치 메이저가 연설하던 날 밤 자기 앞다리로 어미 없는 새끼 오리들을 감싸 준 것같이 강자가 약자를 보호해 주는 그런 사회였다.

그런데 정반대로, 왜 그렇게 되었는지는 모르지만 누구든 자신의 속내를 털어놓지 못했고, 사납게 으르렁거리는 개들이 사방으로 날뛰는 가운데 동물들이 충격적인 범죄를 자백한 후 갈기갈기 찢기는 참상을 목격해야 하는 그런 현실이 닥친 것이다. 클로버의 마음속에는 반란이나 불복종 같은 생각은 들지 않았다. 비록 사태가 이렇게 되었을망정 그래도 존스 시대보다는 훨씬 나았으므로 무엇보다도 인간들의 복귀를 막을 필요가 있다는 것을 잘 알고 있었다. 어떤 일이 일어나더라도 그녀는 충절을 지키고, 열심히 일하며, 주어진 명령을 수행하면서 나폴레옹의 지도를 받아들일 것이다.

그러나 그녀와 다른 동물들이 희망을 품고 부지런히 일한 것은 이런 일을 위해서가 아니었다. 그들이 풍차를 세우고 존스의 총탄에 반항한 것은 결코 이렇게 되기 위해서가 아니었다. 생각을 말로 표현할 수는 없었지만, 그녀의 내심은 대략 이런 것이었다.

마침내 그녀는 말로 표현할 수 없는 마음을 내신하려는 듯 '영국의 가축들'을 부르기 시작했다. 그녀 주위에 앉아 있던 다른 동물들도 따라 부르기 시작했으므로 세 번이나 반복해서 불렀다. 여태까지 불러 본 적이 없는 구슬픈 창법으로 아주 천천히 구성지게 불렀다.

그들이 막 세 번째 노래를 마쳤을 때, 스퀼러가 개 두 마리를 데리고 무언가 중대 발표를 하려는 듯 다가왔다. 그는 나폴레옹 동지의 특별 지시에 따라 '영국의 가축들'은 부를 수 없게 되었다고 말했다. 이제부터 이 노래를 금지한다는 것이었다. 동물들은 아연실색했다.

"왜 그러는 겁니까?"

뮤리엘이 소리쳤다.

"동지, 그건 이제 필요가 없소. '영국의 가축들'은 반란의 노래였소. 그러나 반란은 이제 끝났소. 오늘 오후의 반역자 처형으로 다 마무리되었단 말이오. 이제 농장 안팎의 적은 모두 섬멸되었소. '영국의 가축들'에서 우리는 보다 나은 사회에 대한 염원을 표현했는데, 그 사회가 이제 건설되었소. 그러니 이 노래는 이제 아무런 의미가 없게 된 겁니다."

스퀼러는 뻣뻣하게 말했다.

그들은 너무나 놀랐고, 두려운 가운데서도 몇몇 동물들은 항의를 할 듯한 태세였다. 하지만 그 순간 양들이 여느 때처럼 '네 다리는 좋고, 두 다리는 나쁘다!' 하고 몇 분간 계속 외쳐 대는 바람에 토론은 끝나고 말았다.

그래서 '영국의 가축들'은 그 후로 들을 수 없게 되었다. 그대신 시인 미니머스가 다음과 같은 가사로 시작되는 다른 노래를 작곡했다.

동물 농장, 동물 농장,
우리가 그대들을 지켜 주리라!

일요일 아침마다 기를 게양하고 나서 이 노래를 불렀다. 그러나 동물들은 어쩐지 그 가사나 곡조가 '영국의 가축들'만큼 마음에 들지 않았다.

8

며칠 후, 처형으로 인해 조성되었던 공포 분위기가 사라지자, 몇몇 동물들은 차츰 제6계명 '어떤 동물도 다른 동물을 죽여서는 안 된다'를 기억해 냈다. 아니, 기억이 나는 듯하다고 생각했다. 하지만 그 누구도 돼지나 개늘이 듣는 앞에서 그린 말을 끼내지는 않았다. 다만 그들 생각에 앞서 일어났던 처형 사건은 이 계명에 어긋나는 것만 같았다.

클로버도 벤저민에게 제6계명을 읽어 달라고 했지만, 벤저민은 늘 그랬던 것처럼 그런 일에 관여하고 싶지 않다고 거절했다. 그래서 클로버는 뮤리엘을 데리고 갔다. 뮤리엘이 그 계명을 읽어 주었다. 거기에는 '어떤 동물도 이유 없이 다른 동물을 죽여서는 안 된다'라고 쓰여 있었다. 어떻게 된 셈인지 '이유 없이'라고 하는 말은 동물들의 기억에서 지워져 있었다. 이제 그들은 그 계명에 위반된 적이 없음을 깨닫게 되었다. 분명히 스노볼과 공모한 반역자들을 죽이는 데는 충분한 이유가 있었기 때문이다.

그해 내내 동물들은 지난해보다 더욱 열심히 일했다. 전보다 두 배나 더 두꺼운 벽으로 된 풍차 건설을 예정된 날짜에 끝내고, 농장 일도 병행해야 한다는 것은 무척 힘든 일이었다. 동물들은 존스 시대보다 더 많이 일했고, 게다가 음식은 그 당시보다 더 나아진 것이 없다고 생각될 때도 있었다.

일요일 아침이면 스퀼러는 기다란 두루마리를 앞발로 들고 각종 식량 생산이 경우에 따라서 200퍼센트, 300퍼센트 혹은 500퍼센트 증가했음을 보여 주는 통계표들을 낭독했다. 동물들은 반란 전의 생활 상태가 어떠했는지를 뚜렷하게 기억하지 못하고 있었기 때문에 스퀼러의 말을 믿지 않을 수 없었다. 아무래도 좋으니까 숫자는 줄더라도 식량만 더 늘려 주었으면 좋겠다고 생각할 때도 있었다.

모든 명령은 이제 스퀼러나 다른 돼지들을 통해서 전달되었다. 나폴레옹은 두 주일에 한 번 정도, 아니면 거의 대중 앞에 모습을 나타내지 않았다. 그가 어쩌다가 나타날 때는 개와 검은 수탉이 수행원으로 따라다녔는데, 수탉은 앞서서 행진하면서 나팔수처럼 나폴레옹이 연설하기 전에 소리 높여 "꼬끼오" 하고 울어 댔다. 나폴레옹은 농장 집에서조차 다른 동물들과는 별개의 방을 쓰고 있다는 소문이 나돌았다. 그는 개 두 마리의 시중을 받으면서 혼자 식사를 하고, 식사에는 응접실 장식장에 들어 있던 크라운 더비 식기를 쓴다는 것이었다. 매년 나폴레옹의 생일에는 다른 두 기념일과 마찬가지로 축포를 쏜다는 발표도 있었다.

나폴레옹은 이제 그냥 '나폴레옹'이라고 불리지 않았다. 그는 언제나 공식적으로 '우리의 영도자 나폴레옹 동지'라고 불렸으며, 돼지들은 그에게 '모든 동물의 아버지', '인류의 공포', '양 떼의 수호자', '오리들의 친구' 등등 여러 명칭을 만들어 붙이기를 좋아했다.

스퀼러는 나폴레옹의 지혜와 따뜻한 마음씨와 여기저기 흩어져 있는 동물들, 특히 다른 농장에서 노예에 가까운 생활을 하고 있는 무지하고 불행한 동물들을 염려하는 그의 깊은 사랑에 대해 연설하면서 눈물까지 흘렸다. 모든 훌륭한 업적이나 행운은 나폴레옹의 공로로 돌려지는 것도 보통이었다. 암탉 한 마리가 다른 암탉에게 다음과 같이 말하는 것을 가끔 들을 수 있었다.

"우리의 영도자 나폴레옹 동지의 지도로 나는 엿새 동안에 알을 다섯 개나 낳았다."

또 언젠가는 암소 두 마리가 우물에서 물을 마시면서 이렇게 외쳤다.

"나폴레옹 동지의 영도력 덕분에 이렇게 맛있는 물을 먹을 수가 있는 거야!"

농장의 분위기는 미니머스가 작곡한 '나폴레옹 동지'라는 시에 잘 나타나 있었다. 그 시는 다음과 같았다.


어버이 없는 자들의 벗이시여!
행복의 샘이시여!
여물통의 주인이시여!
그대의 조용하고 위엄에 찬
눈을 바라볼 때마다
내 영혼은 하늘의 태양처럼 불타오르니,
나폴레옹 동지여!

그대, 동물들이 사랑하는

모든 것을 주시는 분이요,

하루에 두 번 배불리 먹고

깨끗한 짚더미 잠자리를 제공하시니,

크고 작은 모든 동물은

그대의 울타리 안에서 평화로이 잠드네.

그대 모든 것을 돌봐 주시네.

나폴레옹 동지여!

내가 만약 새끼 돼지를 낳으면

술병이나 방망이만큼

크게 자라기 전에

그대에게 충성하라고 가르칠 것이니,

그렇다, 그가 처음 외칠 소리는

'나폴레옹 동지여!'


나폴레옹은 이 시가 썩 만족스러운 듯 큰 창고의 벽, 7계명 맞은편 끝에 써 놓게 했다. 그 위에는 스퀼러가 흰 페인드로 그린 나폴레옹의 프로필 초상화가 걸려 있었다.

한편, 나폴레옹은 윔피 씨를 통해서 프레더릭과 필킹턴을 상대로 복잡한 협상을 벌이고 있었다. 산더미처럼 쌓여 있는 목재가 아직도 팔리지 않았기 때문이다. 두 사람 중에 프레더릭이 더 욕심을 냈지만 적당한 가격을 지불하려 하지 않았다. 또한 프레더릭과 그의 일꾼들이 동물 농장을 습격해서 풍차를 파괴하려고 한다는 소문도 나돌기 시작했다. 풍차 건물이 그들에게 대단한 시기심을 불러일으키고 있다는 것이었다. 스노볼은 여전히 핀치필드 농장에 숨어 있는 것으로 알려져 있었다.

한여름에는 암탉 세 마리가 자진 출두해서, 스노볼의 선동으로 나폴레옹 살해 음모에 가담한 적이 있다고 자백하는 바람에 동물들은 깜짝 놀랐다. 그 암탉들은 당장에 처형되었고, 나폴레옹의 안전을 위한 새로운 대비책이 마련되었다. 개 네 마리가 매일 밤 그의 침대 네 구석을 하나씩 맡아 지켰고, 핑크아이라고 하는 어린 돼지는 나폴레옹의 식사에 독극물이 들어 있나 없나를 확인하기 위해서 언제나 그가 먹기 전에 먼저 시식을 했다.

바로 이 무렵, 나폴레옹이 목재 더미를 필킹턴 씨한테 팔기로 결정했다는 소문이 나돌았다. 또 그는 동물 농장과 폭스우드 농장 간에 몇몇 생산물에 대한 정기적인 계약을 맺으려 하고 있었다. 나폴레옹과 필킹턴 사이의 관계는 비록 윔퍼 씨를 통해서 이루어지기는 했지만, 지금은 아주 우호적이었다.

동물들은 필킹턴을 인간이란 이유로 신용하지는 않았지만, 그들이 두려워하고 미워하는 프레더릭보다는 좋아했다. 여름이 다 가고 풍차가 거의 완성 단계에 이르자, 반역자들의 공격이 임박했다는 소문이 더욱 무성하게 나돌기 시작했다. 항간의 소문에 따르면 프레더릭은 총으로 무장한 남자 20명을 거느리고 올 계획이며 치안 판사나 경찰을 이미 매수해 놓았기 때문에, 만일 그가 동물 농장의 토지 문서를 수중에 넣기만 하면 치안 판사나 경찰도 문제 삼지 않을 것이라는 소문이었다.

더욱이 프레더릭이 자기 농장의 동물들에게 가하고 있는 잔인한 행위에 대한 무시무시한 이야기가 핀치필드에서 흘러나왔다. 프레더릭은 늙은 말을 채찍으로 때려 죽이고, 암소를 굶겨 죽였으며, 개를 시궁창에 내던져 죽였고, 밤에는 수탉의 다리에 면도날 조각을 묶은 채 닭싸움을 시키고 그것을 즐긴다는 것이었다. 이런 만행이 동지들에게 저질러지고 있다는 이야기를 듣자 동물들은 피가 끓어올랐고, 때로는 떼를 지어 핀치필드 농장을 습격해서 인간들을 내쫓고 동물들을 자유롭게 해방시켜 주자고 떠들어 댔다. 그러나 스퀼러는 그들에게 경솔한 행동을 피하고 나폴레옹 동지의 전략을 믿으라고 충고했다.

프레더릭에 대한 반감은 점점 고조되어 갔다. 어느 일요일 아침, 나폴레옹은 창고에 나타나서 자기는 목재 더미를 프레더릭에게 매각할 생각은 한 번도 해 본 적이 없다고 밝혔다. 그런 뻔뻔스러운 인간과 거래하는 것은 자기 체면을 손상시키는 일로 생각하고 있다고도 했다. 그리고 그는 지금도 여전히 농장의 반란 소문을 퍼뜨리기 위해 외부로 파견되고 있는 비둘기들에게 폭스우드 농장에 드나들지 말라는 지시를 내리는 동시에, '인간 타도'라는 이전의 표어를 '프레더릭 타도'로 바꾸라고 명령했다.

늦은 여름에 스노볼의 또 다른 음모가 폭로되었다. 밀밭에 잡초가 무성했는데, 그것은 스노볼이 밤을 틈타 들어와서 밀 씨에 잡초 씨를 섞어 놓았기 때문이라는 것이 밝혀졌다. 이 음모에 가담했던 수거위 한 마리가 스퀄러에게 범행을 자백하고 나서 곧 독이 있는 열매를 먹고 자살했다. 동물들은 이제야 비로소 스노볼이 '동물 영웅 제1급 훈장'을 절대로 받은 사실이 없다는 것을 알게 되었다(실은 많은 동물은 여태까지 그것을 받았다고 믿고 있었지만). 그것은 결국 외양간 전투 얼마 후에 스노볼 자신이 퍼뜨린 소문에 지나지 않으며, 훈장을 받기는커녕 그는 전투에서 비겁한 짓을 했기 때문에 오히려 질책을 받았다는 것이었다. 이런 이야기를 듣고 이번에도 몇몇 동물들은 새삼 놀랐지만, 스퀄러는 그들이 잘못 기억하고 있는 것이라고 곧 납득시킬 수 있었다.

가을이 되자 혼신의 힘을 다해(거의 동시에 추수도 해야 했기 때문에) 풍차를 완공시켰다. 이제부터 기계를 설치해야 하므로 기계 구입을 위해 윔퍼 씨와 교섭을 벌이고 있는 중이긴 했지만,

어쨌든 건물은 완성되었다. 온갖 난관과 무경험과 원시적인 도구와 불운과 스노볼의 반역에도 불구하고 이 작업은 완성 날짜를 맞춘 것이다.

동물들은 피곤했지만 자랑스러운 듯이 그들의 걸작 주위를 맴돌았다. 그들의 눈에는 그것이 처음 지었던 것보다 훨씬 아름답게 보였다. 게다가 벽은 예전 것보다 두 배나 두꺼웠다. 이번에는 폭약이 아니고서는 그 건물을 무너뜨릴 수 없으리라! 그동안 얼마나 혹독한 노력을 했고 좌절을 이겨 내고자 얼마나 애를 썼던가. 하지만 풍차 날개가 움직여 발전기가 가동되는 날에는 그들의 생활에 말할 수 없이 커다란 변화가 일어나리라.

그들은 이 모든 것을 생각하기만 하면 피로가 말끔히 가셨다. 그리고 승리의 환호성을 올리면서 풍차 주위를 맴돌았다. 나폴레옹도 개와 수탉들을 거느리고 완성된 공사를 시찰하러 왔다. 그는 그 업적을 이룬 동물들을 치하한 뒤, 풍차를 '나폴레옹 풍차'로 명명한다고 발표했다.

이틀 후, 동물들은 특별 회의를 하기 위해 창고로 소집되었다. 나폴레옹이 목재 더미를 프레더릭에게 팔았다고 발표하자, 동물들은 경악을 금치 못했다. 내일 프레더릭의 마차가 와서 그 목재를 실어 간다는 것이었다. 나폴레옹은 표면적으로는 필킹턴과 우호 관계를 유지하고 있으면서, 실제로는 프레더릭과 비밀리에 협정을 맺은 것이었다.

폭스우드 농장과의 모든 관계는 단절되었다. 모욕적인 메시지가 필킹턴에게 전달되었다. 이번에는 비둘기들에게 핀치필드 농장에 가까이 가지 말라는 지시가 내려졌다. 그들의 표어도 '프레더릭 타도'에서 '필킹턴 타도'로 바꾸라고 명령했다. 동시에 나폴레옹은 동물들에게 동물 농장의 습격이 임박했다는 소문은 거짓이며, 프레더릭이 자기네 동물들에게 잔인하다는 이야기도 지나치게 과장된 것이라고 확인시켜 주었다. 아마도 이와 같은 소문은 모두 스노볼과 그의 첩자들이 만들어 냈으리라는 것이었다. 어쨌든 이제 스노볼이 핀치필드 농장에 숨어 있지 않다는 사실이 밝혀졌다. 사실 한 번도 거기에 있은 적이 없었다는 것이었다. 또한 소문에 의하면 그는 폭스우드 농장에서 대단히 사치스러운 생활을 하고 있으며, 실제로는 지난 수년 동안 필킹턴의 식객 노릇을 해 왔다는 것이었다. 돼지들은 나폴레옹의 책략에 넋을 잃고 있었다. 나폴레옹은 필킹턴과 외면상 친근한 것처럼 보이면서 프레더릭에게 12파운드나 값을 올려 목재를 팔았다. 스퀼러는 나폴레옹의 머리가 좋다는 것은 그가 아무도, 심지어는 프레더릭조차도 믿지 않았다는 사실만 봐도 알 수 있다고 떠벌렸다. 프레더릭은 목재 값을 어음으로 지불하고 싶어 했다. 그것은 지불 약속이 적힌 종잇조각과도 같은 것이었다. 그러나 나폴레옹은 영리해서 그의 수법에 넘어가지 않았다. 그는 목재를 실어 가기 전에 진짜 5파운드짜리 지폐로 지불해 줄 것을 요구했던 것이다. 프레더릭은 지불을 완료했다. 그 액수는 풍차에 설치할 기계를 구입하기에 충분했다.

그러는 동안 목재는 짐마차에 실렸다. 목재가 다 실려 간 후 동물들은 프레더릭의 지폐를 점검하기 위해 창고에서 특별 회합을 또 한 번 가졌다. 나폴레옹은 훈장 두 개를 달고 연단의 짚더미 위에 편안한 자세로 비스듬히 누워 흐뭇한 듯이 미소를 짓고 있었다. 그리고 돈은 농장 집의 부엌에서 가지고 온 사기 접시 위에 쌓여 나폴레옹의 옆에 놓여 있었다. 동물들은 일렬로 서서 천천히 그 옆을 지나며 실컷 구경했다. 복서는 코를 들이대고 쿵쿵거리며 지폐 냄새를 맡았고, 그의 숨결에 따라 그 얇고 흰 종이들이 바삭바삭 소리를 내며 흔들렸다.

사흘 후 대소동이 일어났다. 윔퍼 씨가 새파랗게 질린 얼굴로 자전거를 타고 샛길로 달려와서는 자전거는 마당에 팽개친 채 곧장 농장 집으로 뛰어 들어갔다. 다음 순간, 목이 멜 듯한 분노의 소리가 나폴레옹 방에서 들려왔다. 이 소식은 십시간에 농장 전체로 퍼졌다. 그 돈은 위조지폐였던 것이다! 프레더릭은 목재를 공짜로 가져간 셈이었다.

나폴레옹은 즉각 동물들을 소집하고서는 무서운 소리로 프레더릭에게 사형 선고를 내렸다. 그는 프레더릭을 생포하면 산 채로 끓는 물에 집어넣겠다고 외쳐 댔다. 동시에 동물들에게 이런 배신행위 뒤에는 반드시 최악의 사태가 있을 것이라고 경고했다. 프레더릭과 그의 일꾼들이 장기간 계획했던 습격을 언제 감행할지 모를 일이었다. 농장으로 통하는 요소마다 보초가 세워졌다. 뿐만 아니라 비둘기 네 마리가 필킹턴과 다시 우호 관계를 맺길 바란다는 메시지를 가지고 폭스우드 농장으로 파견되었다.

바로 그다음 날 아침에 습격이 있었다. 동물들이 아침 식사를 하고 있을 때, 파수꾼들이 뛰어 들어와서 프레더릭과 그의 일꾼들이 벌써 빗장이 다섯 개 달려 있는 문을 통과해 쳐들어오고 있다고 보고했다. 동물들은 용감하게 나가서 싸웠지만, 이번에는 외양간 전투처럼 그리 쉽게 승리할 수가 없었다. 적은 남자 열다섯 명으로 절반은 총을 가지고 있었는데, 50야드 가까이에서부터 발포하기 시작했다. 동물들은 무시무시한 폭음과 탄환에 대항할 수가 없었다. 나폴레옹과 복서의 독려에도 불구하고 터무니없이 쉽게 무너지고 말았다. 벌써 상당수가 부상을 당했다. 그들은 농장 건물 속으로 피신해서 벽 틈이나 옹이구멍으로 조심스레 내다보았다. 풍차를 포함한 목장 전체가 적의 수중에 들어가 있었다. 나폴레옹조차도 속수무책인 것 같았다. 그는 아무 말 없이 빳빳한 꼬리를 꿈틀거리면서 서성거리기만 했다. 간절한 눈길들이 폭스우드 농장 쪽으로 향했다. 만일 필킹턴과 그의 일꾼들이 그들을 도와준다면 아직도 싸움에서 승리할 수 있을 것만 같았다. 바로 그때, 어제 보냈던 비둘기 네 마리가 돌아왔다. 그중 한 마리가 필킹턴이 보낸 종이쪽지를 물고 왔다. 거기에는 연필로 '깨소금 맛이다'라고 적혀 있었다.

한편, 프레더릭과 그의 일꾼들은 풍차 옆에 빙 둘러서 있었다. 동물들은 그들을 지켜보면서 당황하여 웅성거리기 시작했다. 두 사람이 정과 망치를 꺼냈다. 그들은 풍차를 부수려고 했다.

이때 나폴레옹이 큰소리쳤다.

"그건 불가능해. 벽이 두꺼워서 그 정도로는 꿈쩍도 하지 않을걸. 일주일이 걸려도 부수지 못할 거다. 동지 여러분, 용기를 냅시다!"

그러나 벤저민만은 사람들의 행동을 꼼짝 않고 지켜보고 있었다. 망치와 정을 든 남자 둘이 풍차 밑에 구멍을 뚫고 있었다. 벤저민은 천천히, 무척 재미있다는 듯이 그 긴 코를 벌름거리면서 말했다.

"내 그럴 줄 알았지. 무엇을 하려고 하는지 모르겠습니까? 조금 있으면 저 구멍에 폭약을 채울 겁니다."

동물들은 겁에 질린 채 지켜보고만 있었다. 이제 건물 밖으로

뛰쳐나간다는 것은 불가능했다. 몇 분이 지나자 사람들이 사방으로 흩어져 뛰어가는 모습이 보였다. 곧이어 귀청이 터질 듯한 폭음이 들렸다. 비둘기들은 하늘로 훌쩍 날아가 버렸고, 나폴레옹을 제외한 모든 동물은 배를 땅바닥에 납작하게 깔고 얼굴을 파묻었다. 그들이 다시 일어났을 때는 풍차가 있던 자리에서 검은 연기가 뭉게뭉게 일고 있었다. 미풍이 서서히 그 연기를 거두어 갔다. 풍차는 온데간데없었다.

이 광경을 보자 동물들은 용기를 되찾았다. 조금 전까지 그들이 느끼고 있던 공포와 절망감은 이 비열하고 치사한 행위에 대한 분노 앞에서 순식간에 사라졌다. 힘찬 복수의 함성을 외치며 명령이 떨어지기도 전에 그들은 한 덩어리가 되어 적을 향해 돌진했다.

빗발치듯이 머리 위를 지나가는 무자비한 탄환 따위에도 아랑곳하지 않았다. 무자비하고 격렬한 전투가 벌어졌다. 사람들은 계속 총을 쏘아 댔고, 동물들이 가까이 접근하면 몽둥이로 때리거나 무거운 구둣발로 사정없이 걷어찼다. 암소 한 마리와 양 세 마리, 거위 두 마리가 죽고 서의 모두가 부상을 입었다. 후방에서 작전을 지휘하던 나폴레옹도 총탄에 꼬리 끝이 잘려 나갔다.

사람들도 부상당하기는 마찬가지였다. 세 사람은 복서의 발굽에 얻어맞아 머리가 깨졌고, 또 한 사람은 암소 뿔에 배를 받혔으며, 또 한 사람은 제시와 블루벨에게 바지가 갈기갈기 찢겼다.

이윽고 울타리 그늘로 숨어 들어가 후방에서 공격하라는 나폴레옹의 지시를 받은 그의 호위병 개 아홉 마리가 느닷없이 사람들 앞에 나타나 무섭게 짖어 댔다. 사람들은 공포에 사로잡혀 포위당할 위험이 있다고 판단한 듯했다. 프레더릭은 일꾼들에게 길이 뚫려 있을 때 후퇴하라고 소리쳤다. 그러자 겁 많은 적들은 죽을힘을 다해 도망쳤다. 동물들은 들판 끝까지 쫓아가서, 사람들이 가시나무 울타리를 비집고 나갈 때 마지막 공격을 퍼부었다.

그들은 승리했다. 그러나 지쳐 있었고, 피를 흘리고 있었다. 그들은 다리를 질질 끌며 농장으로 돌아가기 시작했다. 전사한 동지들의 시체가 풀밭에 놓인 광경을 보고 몇몇은 눈물을 흘리기도 했다. 그다음 그들은 풍차가 있던 자리에 와서 얼마 동안 멈추어 침묵에 잠겼다. 그렇다! 풍차는 없어지고 말았다. 노고의 마지막 흔적조차 거의 다 사라져 버렸다. 받침대까지도 군데군데 부서져 있었다. 다시 그걸 세운다 하더라도 이번에는 그전처럼 흩어진 돌들을 이용할 수 없었다. 돌까지 없어진 것이다. 폭발력 때문에 돌들은 수백 야드 밖으로 날아가 버렸다. 풍차는 처음부터 그 자리에 없었던 것처럼 보였다.

그들이 농장 근처까지 왔을 때, 전투 중에는 모습조차 볼 수 없었던 스퀄러가 꼬리를 흔들면서 만족한 듯이 싱글벙글 웃으며 달려왔다. 동물들은 건물 쪽에서 탕 하고 울리는 총소리를 들었다.

"무엇 때문에 총을 쏘는 거요?"

복서가 물었다.

"우리의 승리를 축하하기 위해서죠!"

스퀄러가 외쳤다.

"무슨 승리요?"

복서가 물었다.

그의 무릎에서는 피가 흐르고 있었다. 그는 편자 하나를 잃었고, 발굽은 찢어졌으며, 뒷다리에는 총알이 열두 개나 박혀 있었다.

"동지, 무슨 승리라뇨? 우리는 우리의 땅, 신성한 동물 농장의 땅에서 적들을 몰아내지 않았소?"

"그렇지만 그들은 풍차를 파괴해 버렸어요. 우리가 2년 동안이나 걸려서 일해 온 걸 말입니나!"

"그게 무슨 상관입니까? 풍차는 또 세울 수 있습니다. 마음만 먹으면 여섯 개라도 세울 수 있습니다. 동지, 동지는 우리가 이룩한 훌륭한 업적을 평가할 줄 모르는군요. 적들은 우리가 지금서 있는 바로 이 땅을 공격했습니다. 그런데 나폴레옹 동지의 영도력 덕분에 우리는 이 땅을 한 치도 빼앗기지 않고 되찾았단 말입니다!"

"우리가 전에 가지고 있던 것을 도로 찾은 것뿐이지요."

복서가 말했다.

"그게 우리의 승리란 말입니다."

스퀼러가 말했다.

그들은 다리를 질질 끌면서 마당으로 들어섰다. 복서는 살 속에 박힌 총알 때문에 다리가 무척 쑤시고 아팠다. 그는 풍차의 재건축을 위해 앞으로 치러야 할 중노동을 상상하며 벌써부터 자신에게 용기를 불어넣고 있었다. 그러나 이때 비로소 그는 자기가 열한 살이라는 것을 새삼 느꼈고, 자신의 근육도 예전 같지 않다는 생각이 들었다. 그러나 동물들은 녹색 깃발이 펄럭이고, 예포가 또다시 울리는 소리를 듣고(그것은 모두 일곱 발이었다), 게다가 나폴레옹이 그들의 용감한 행위를 치하해 주는 연설을 듣자 결국 자기들이 위대한 승리를 거둔 것 같은 생각이 들었다.

전사한 동물들에 대한 장례식이 엄숙하게 치러졌다. 복서와 클로버는 영구차가 된 짐마차를 끌었고, 나폴레옹 자신은 행렬의 선두에 섰다.

축하 행사로 꼬박 이틀을 보냈다. 노래와 연설이 있었고, 많은 축포를 쏘아 올렸다. 또한 동물에게는 사과 한 개씩이, 새에게는 옥수수 2온스가, 개에게는 비스킷 세 개가 특별 선물로 주어졌다. 이번 전투는 '풍차 전투'라고 명명되었고, 나폴레옹은 '녹기(綠旗) 훈장'을 새로 창설하고는 그것을 자기 자신에게 수여했다. 이렇듯 떠들썩한 분위기 속에서 불행한 지폐 사건은 잊혀 갔다.

그런 일이 있은 지 이삼 일 후 돼지들은 농장 집 지하실에서 위스키 한 상자를 우연히 발견했다. 이 집을 처음 점거했을 때는 발견하지 못한 것이었다. 그날 밤 농장 집에서 커다란 노랫소리가 들려왔는데, 모두가 놀란 것은 그중에 '영국의 가축들'이 섞여 있다는 것이었다. 9시 반경에는 나폴레옹이 존스의 낡은 모자를 쓰고 뒷문에서 나와 마당을 빙글빙글 돌다가는 다시 집 안으로 사라지는 것이 똑똑히 보였다.

그러나 아침이 되자 농장 집에는 온통 침묵만 흘렀다. 돼지들은 한 마리도 꼼짝 않고 있었다. 아침 9시가 가까워지자 스퀼러가 나타났다. 그는 동물들을 소집해 놓고 중대한 뉴스를 발표하겠다고 말했다. 나폴레옹 동지가 위독하다는 것이었다.

모두들 비탄의 소리를 질렀다. 동물들은 농장 집 문밖에 짚을 깔아 놓고 소리 나지 않게 살금살금 걸어 다녔다. 그들은 눈물을 글썽거리며 우리 영도자가 죽으면 자기들은 어떻게 될 것인지 서로 물어보기도 했다. 마침내 스노볼이 나폴레옹의 음식에 독약을 넣었다는 소문이 돌았다. 스퀼러는 11시에 또 다른 발표를 하기 위해서 나왔다. 나폴레옹 동지는 이 세상에서의 마지막 조처로, 술을 마시는 자는 사형에 처한다는 엄한 포고를 내렸다는 것이었다.

그러나 저녁때가 되자 나폴레옹은 조금 나아진 것같이 보였고, 다음 날 아침에는 스퀼러가 동물들에게 그가 거의 회복 단계에 있다고 전했다. 그날 저녁때가 되자 나폴레옹은 다시 집무를 시작했다. 그다음 날 그는 윔퍼 씨에게 월링던에서 양조와 증류에 관한 도서를 몇 권 구입해 오라고 지시했다는 것이 알려졌다.

일주일 후, 나폴레옹은 과수원 끝의 작은 울타리 목장을 갈도록 명령했다. 이 땅은 일을 할 수 없게 된 동물들을 위한 방목장으로 남겨 두기로 한 땅이었다. 표면적 이유는 목장에 풀이 나지 않아서 씨앗을 새로 뿌리기 위해서라고 발표되었고, 곧 나폴레옹은 이곳에 보리 씨를 뿌릴 계획이라고 발표했다.

이 무렵 누구도 이해할 수 없는 이상한 사건이 일어났다. 어느 날 밤, 12시경에 마당에서 벼락 치듯 우당탕탕 하는 소리가 들렸다. 동물들은 우리 밖으로 뛰어나왔다. 달 밝은 밤이었다. 7

계명이 쓰여 있는 큰 창고 끝의 벽 밑에 두 동강이가 난 사다리가 쓰러져 있었다. 스퀼러가 기절해서 옆으로 쭉 뻗어 있었는데, 주위에는 램프와 페인트 붓과 뒤엎어진 페인트 통이 흩어져 있었다. 개들이 곧 스퀼러 주위를 둘러쌌고, 그가 걸을 수 있게 되자 그를 호위해서 농장 집까지 데리고 갔다.

동물들은 어찌 된 영문인지 전혀 알지 못했다. 오로지 벤저민 영감만이 모든 것을 알고 있다는 듯이 코를 벌름거렸지만 아무 말도 입 밖에 내지 않았다.

며칠 후, 혼자서 7계명을 읽고 있던 뮤리엘은 동물들이 잘못 기억하고 있는 계명이 또 하나 있다는 것을 알게 되었다. 동물들은 제5계명이 '어떤 동물도 술을 마셔서는 안 된다'라는 것으로 생각하고 있었는데, 알고 보니 그들이 단어 두 개를 잊어버리고 있었던 것이다. 실제로 거기 적혀 있는 계명은 '어떤 동물도 너무 많이 술을 마셔서는 안 된다'라는 것이었다.

9

복서의 찢어진 발굽이 아무는 데는 오랜 시간이 걸렸다. 동물들은 승리의 축하연을 끝마친 그다음 날부터 풍차를 재건하는 일에 착수했다. 복서는 단 하루도 쉬지 않고 일했다. 그는 자신의 고통을 밖으로 드러내지 않는 것을 명예로 알았다. 저녁때 클로버에게만 말굽의 고통을 남몰래 호소할 뿐이었다. 클로버는 약초를 씹어서 발굽에 붙여 주었다. 그녀와 벤저민은 복서에게 너무 무리하지 말라고 충고했다.

"말의 허파라고 해서 영원히 버틸 수 있는 건 아니에요."

그녀가 그에게 말했다. 그러나 복서는 그 말을 들으려고 하지 않았다. 그는 자기에게 남은 단 한 가지의 진정한 야심이란, 자기가 은퇴하기 전에 풍차가 완성되어 잘 돌아가는 것을 보는 것이라고 말했다.

처음에 동물 농장 법률이 제정되었을 때의 정년은 말과 돼지는 열두 살, 암소는 열네 살, 개는 아홉 살, 양은 일곱 살, 암탉과 거위는 다섯 살이었다. 풍족한 노후 연금(老後年金)도 책정되어 있었다. 그러나 이제까지 실제로 은퇴를 해서 연금을 받고 있는 동물은 아무도 없었다.

하지만 최근에 이 문제가 점차 거론되기 시작했다. 과수원 너머에 있는 조그만 밭이 보리밭으로 바뀌었으므로, 큰 목장의 한 구석을 울타리로 막아서 정년퇴직하는 동물들을 위한 목초지를 만들 것이라는 소문이 나돌았다. 말에게는 연금이 하루에 옥수수 5파운드, 겨울에는 건초 15파운드, 그리고 공휴일에는 당근 한 개 또는 사과 한 개가 지급되리라는 이야기였다. 복서의 열두 번째 생일은 다음 해 늦여름이었다.

그동안의 생활은 대단히 고된 것이었다. 올겨울도 지난해만큼 추웠고, 식량은 더욱 부족했다. 다시 돼지와 개의 배급량을 제외한 모든 동물의 배급량이 줄어들었다. 너무 엄격한 식량 배급의 평등화는 동물주의의 원칙에 위반되는 것이라고 스퀼러가 설명했다. 겉으로 어떻게 보이든 간에 실제로 식량이 부족하지 않다는 것을 스퀼러는 다른 동물들에게 어렵지 않게 증명해 보였다. 얼마 동안은 식량 배급의 재조정이 확실히 필요하지만(스퀼러는 언제나 '재조정'이라고 말했으며, '감소'라는 단어는 결코 사용하지 않았다), 존스 시대와 비교하면 엄청나게 개선되었다는 것이다. 그는 목청을 높여 재빨리 숫자를 읽었으며, 존스 시대와 비교해서 보다 많은 귀리와 건초와 순무를 먹게 되었고, 일하는 시간은 줄어들었으며, 음료수의 질이 더욱 좋아졌고, 수명이 길어지고 유아 사망률도 낮아졌으며, 우리 속에는 짚더미가 많아졌고, 벼룩이 많이 줄어 덜 물게 되었다는 것을 동물들에게 상세히 설명해 주었다.

동물들은 그 말을 하나에서 열까지 철저하게 믿었다. 사실대로 말하면, 존스 씨와 그에 관련된 모든 것이 전부 그들의 기억에서 사라져 버렸던 것이다.

그들은 현재의 생활이 가혹하고 살벌하며, 때로는 굶주림과 추위를 느끼기도 하고, 잠을 자는 시간을 빼고는 늘 일을 해야 한다는 것을 알고 있었다. 그러나 옛날에는 더욱 가혹했었다는 것을 의심할 여지가 없었다. 그들은 기꺼이 그렇게 믿고 있었다. 게다가 그때는 노예였지만, 지금은 자유의 몸이었다. 바로 이것이 스퀼러가 늘 지적하는 가장 큰 차이점이었다.

이제는 먹여 살려야 할 식구가 많이 늘어났다. 가을이 되자 암돼지 네 마리가 거의 동시에 새끼를 낳았다. 모두 합해서 서른한 마리였다. 그 돼지들은 점박이였고, 나폴레옹은 이 농장에서 유일한 수돼지였으므로 그들의 혈통을 추정하는 것은 아주 간단했다. 그러고 나서 벽돌과 재목이 구입되었고, 곧 농장 집 정원에 교실을 세울 것이라는 발표가 있었다.

얼마 동안 나폴레옹 자신이 농장 집 부엌에서 새끼 돼지들을 교육시켰다. 그들은 정원에서 운동을 했다. 그리고 다른 새끼 동물들과 함께 놀지 말도록 주의를 받았다. 이때부터 돼지와 다른 동물들은 길에서 마주치면 다른 동물이 길을 비켜 주어야 한다는 규칙이 생겼고, 또 모든 돼지는 계급을 막론하고 일요일에는 꼬리에 녹색 리본을 매는 특권을 갖는다는 규칙도 제정되었다.

농장은 다소 성공적으로 운영되었으나 아직도 자금난에 허덕이고 있었다. 교실을 세우기 위해 벽돌과 모래와 석회를 사들여야 했고, 또 풍차 기계를 구입하기 위해 돈을 저축해 두어야만 했다. 그리고 농장 집에서 쓸 기름이나 초, 나폴레옹 자신의 식탁에 놓을 설탕(그는 다른 돼지들에게는 설탕을 먹으면 뚱뚱해진다는 이유로 설탕을 금지했다)이 있어야 했으며, 거기에다 연장, 못, 끈, 석탄, 철사, 고철, 개먹이 비스킷 등의 일상적인 것들도 보충해야 했다. 건초 한 더미와 수확한 감자 일부가 팔렸다. 계란의 출하 계약은 일주일에 600개로 늘어났다. 따라서 이 한 해 동안 암탉들은 지난해와 같은 수를 겨우 유지할 정도로만 병아리를 부화시킬 수 있었다.

12월에 삭감된 식량 배급량은 2월이 되자 다시 삭감되었고, 우리 속의 램프도 기름을 절약하기 위해 불을 켜지 못하게 했다. 그러나 돼지들은 무척 편안한 생활을 하는 것 같았으며 사실 체중도 늘어나고 있었다.

2월 하순 어느 날 오후, 동물들이 지금까지 한 번도 맡아 보지 못했던, 식욕을 돋우는 구수한 냄새가 조그마한 양조장에서 마당을 거쳐 흘러나왔다. 이 양조장은 존스 시대에는 사용되지 않던 곳으로 부엌 앞쪽에 있었다. 누군가가 그것이 보리를 삶는 냄새라고 말했다. 동물들은 허기진 듯이 킁킁거리며 냄새를 맡고는 혹시 저녁 식사로 구수한 여물을 준비하고 있는 것이 아닌가 하고 생각했다. 하지만 저녁 식사 때 구수한 여물 같은 것이라고는 찾아볼 수 없었다.

그리고 그다음 일요일에는 앞으로 보리는 모두 돼지들을 위해서 저장될 것이라고 발표되었다. 과수원 앞의 들판에는 벌써 보리 씨가 뿌려져 있었다. 곧 돼지들은 매일 3홉씩 맥주를 배급받고 나폴레옹 자신에게는 반 갤런이 할당되었는데, 만찬 때나 쓰이는 더비 사기 국그릇을 사용한다는 소문이 나돌았다.

감수해야 할 여러 가지 어려움이 있었지만, 그것들은 요즈음의 생활이 이전보다 훨씬 품위가 있는 생활이라는 사실로 다소 보상은 받은 셈이었다. 이전보다 노래도 더 많이 불렀고, 연설도 많았으며, 행진 횟수도 더 많아졌다.

나폴레옹은 일주일에 한 번씩 '자발적 시위행진'이라는 행사를 열게끔 명령했다. 이 목적은 동물 농장의 투쟁과 승리를 축하하는 데 있었다.

지정된 시간이 되면 동물들은 작업을 중단하고 돼지를 선두로 해서 말, 소, 양 그리고 닭의 순서로 군대식 대열로 농장 구내를 행진하며 돌았다. 개들은 이 대열의 측면에 나란히 섰고, 대열의 가장 선두에는 나폴레옹의 검은 수탉이 섰다. 복서와 클로버는 언제나 중간에서 발굽과 뿔의 그림이 들어 있는 '나폴레옹 동지 만세!'라고 쓰인 녹색 깃발을 들고 갔다. 그 후 나폴레옹을 찬양하는 시 낭독이 있었고, 최근의 식량 증산에 관한 스퀼러의 상세한 보고와 연설이 있었으며, 때로는 총으로 예포를 쏘기도 했다.

양들은 자발적 시위행진의 가장 열성적인 지지자들이어서, 만일 누군가가(사실 돼지와 개가 주위에 없을 때는 불만을 터뜨리는 자도 더러 있었다) 이런 일은 시간 낭비고 공연히 추운 데서 오래 서 있게 한다며 불만을 터뜨리면 어김없이 큰 소리로 '네 다리는 좋고, 두 다리는 나쁘다!'라고 외치면서 입을 다물게 했다.

그러나 거의 대부분의 동물들은 이 축제를 즐겼다. 어쨌든 자기들은 사실상 주인이며, 자기들이 하는 일이 모두 오로지 자신들의 이익을 위한 것임을 생각하면 새삼 즐거워졌다. 그래서 노래라든지 행진이라든지 펄럭이는 깃발 소리 등으로 자기들의 배고픔을 적어도 잠시나마 잊어버릴 수가 있었다.

4월에 동물 농장은 '공화국'으로 선포되었다. 따라서 대통령을 선출할 필요성이 생겼다. 후보자는 나폴레옹 단 한 명뿐이었으므로 그는 만장일치로 선출되었다. 바로 그날 스노볼과 존스 씨의 공모를 알려 주는 더욱 상세한 새 문서가 발견되었다. 스노볼은 동물들이 전에 생각했던 것처럼 계략을 써서 외양간 전투에서 패배하도록 시도했을 뿐만 아니라 공공연하게 존스 씨를 편들어 싸웠다는 사실이 이제 명백해졌다. 사실 그는 인간 군대의 지휘자가 되어 "인간 만세!"를 외치며 전투에 뛰어들었다는 것이었다. 몇몇 동물들이 지금도 뚜렷하게 기억하고 있는 스노볼의 등 상처도 실은 나폴레옹의 이빨에 물린 자국이라는 것이었다.

여러 해 동안 자취를 감추었던 까마귀 모세가 어느 한여름에 갑자기 농장에 나타났다. 그는 조금도 변한 것이 없었다. 여전히 일도 하지 않으면서 옛날처럼 사탕 과자 산에 대해서 지껄였다. 그는 나무 그루터기에 앉아 검은 날개를 퍼덕이면서 누가 듣고 있는가 싶으면 몇 시간이고 이야기를 늘어놓았다. 그리고 커다란 부리로 하늘을 가리키며 엄숙하게 말했다.

"동지 여러분! 저쪽, 검은 구름 저쪽에는 사탕 과자 산이 있습니다. 우리 불쌍한 동물들이 노동에서 해방되어 영원히 안식하게 될 행복의 나라가 있습니다!"

그는 언젠가 하늘 높이 날았을 때 실제로 그 나라에 갔었는데, 그곳에서 언제나 토끼풀이 돋아 있는 들과 박하 과자와 각설탕이 자라고 있는 울타리를 보았다고 했다. 많은 동물은 그의 말을 믿었다. 그들의 현재 생활은 굶주림과 과로의 연속이었다. 더 좋은 세상이 어딘가에 있다고 믿는 것이 어째서 잘못되고 옳지 못한 생각이란 말인가?

아무래도 이해할 수 없는 일은 모세에 대한 돼지들의 태도였다. 돼지들은 사탕 과자 산에 대한 모세의 이야기는 거짓말이라고 몰아붙이고 경멸하면서도, 한편으로 농장에서 아무 일도 하지 않는 그가 하루에 한 홉씩 맥주를 배급받으며 살도록 허용하고 있었다.

복서는 발굽이 나아지자 전보다 더 열심히 일을 했다. 사실 모든 동물은 그해 내내 노예처럼 열심히 일했다. 농장의 정규 작업과 풍차 재건 외에도 3월부터 시작된 새끼 돼지의 교실을 짓는 작업이 진행되고 있었다. 제대로 먹지도 못 하면서 오랜 시간 동안 일을 한다는 것은 때로는 견딜 수 없는 일이었지만, 복서는 결코 굽히지 않았다.

그의 말과 행동을 보면 조금도 지친 것 같지 않았다. 조금 달라진 것이 있다면 그의 겉모습뿐이었다. 그의 피부는 이전처럼 윤기가 흐르지 않았고, 거대한 궁둥이도 약간 줄어든 것 같았다. 다른 동물들은 "봄에 새 풀이 자라면 복서도 다시 살찌겠지."하고 말했다. 그러나 봄이 왔는데도 복서는 다시 살이 찌지 않았다. 때때로 그가 채석장 꼭대기로 올라가는 비탈길에서 커다란 둥근 돌의 무게를 근육으로 지탱하고 있을 때면 그의 다리는 오로지 인내로써 버티는 것 같았다. 이때 그의 입술은 '더 열심히 일하자'라고 말하는 것처럼 움직였으나 소리는 들리지 않았다.

클로버와 벤저민은 또다시 복서에게 몸조심하라고 충고를

했지만 그는 여전히 말을 듣지 않았다. 그의 열두 번째 생일이 다가오고 있었으므로, 그에게는 연금을 받기 전에 돌을 충분히 모아 놓아야 한다는 일념밖에 없었다.

어느 여름날 저녁 늦게 갑자기 복서에게 무슨 일이 생겼다는 소문이 농장 전체에 퍼졌다. 그가 혼자서 돌무더기를 풍차 있는 데로 끌어가기 위해 나간 뒤였다. 그 소문은 사실로 나타났다. 몇 분 후, 비둘기 두 마리가 날아와서 소식을 전했다.

"복서가 쓰러졌어요! 옆으로 쓰러져 일어나지 못하고 있어요!"

농장에 있던 동물들 절반이 풍차가 있는 언덕으로 뛰어갔다. 복서는 마차의 굴대 사이에 끼어 머리를 쳐들지도 못하고 목을 길게 빼고 누워 있었다. 그의 눈은 흐릿했고, 옆구리는 땀으로 흠뻑 젖어 있었다. 입에서는 피가 약간 흘러나왔다. 클로버가 그의 옆에 무릎을 꿇었다.

"복서, 어떻게 된 일이에요?"

그녀가 외쳤다.

"폐를 다쳤어요. 하지만 괜찮아요. 내가 없어도 여러분은 풍차를 완성할 수 있을 거예요. 돌을 꽤 많이 모아 놓았으니까. 어차피 난 퇴직도 한 달밖에 남지 않았고, 실은 그날을 마음속으로 기다리고 있었거든요. 벤저민도 이제는 늙었으니까 나와 같이 은퇴해서 기꺼이 내 말동무가 돼 주겠지요?"

복서는 간신히 입을 열었다.

"빨리 도와주세요. 누구든지 달려가서 이 사건을 스퀼러에게 전해 주세요."

클로버가 외쳤다.

다른 동물들은 이 소식을 스퀼러에게 전하러 농장 집으로 달려갔다. 클로버와 벤저민만이 남아 있었다. 벤저민은 복서 옆에 앉아서 아무 말 없이 긴 꼬리로 파리만 쫓고 있었다. 15분쯤 지나자 스퀼러가 동정과 걱정이 가득 찬 표정으로 나타났다. 나폴레옹 동지가 농장에서 가장 충실한 일꾼에게 이러한 불행이 일어난 것을 알고 심히 유감의 뜻을 표시했고, 이미 복서를 윌링던의 병원에 보내 치료를 받도록 만반의 준비를 하고 있는 중이라고 스퀼러가 전했다.

동물들은 이 이야기를 듣고 조금 불안해지기 시작했다. 몰리와 스노볼을 제외하고는 이 농장을 떠난 동물은 하나도 없었다. 게다가 그들은 병든 동지를 인간의 손에 맡긴다고 생각하니 기분이 언짢았다. 그러나 스퀼러는 윌링던의 수의사가 이 농장에서 하는 것보다 복서를 훨씬 잘 치료해 줄 것이라고 간단하게 동물들을 납득시켰다. 그리고 30분 정도 지나자, 복서는 조금 회복이 되어 간신히 우리까지 걸어갈 수 있었다. 클로버와 벤저민은 복서에게 편안한 침대를 마련해 주었다.

그 후 이틀 동안 복서는 꼼짝도 하지 못한 채 우리 속에 틀어박혀 있었다. 돼지들은 욕실 약상자 안에서 찾아낸 커다란 분홍색 병을 꺼내 주었다. 클로버는 하루에 두 번씩 식후마다 복서에게 약을 먹였다. 밤이 되면 클로버는 그의 우리로 건너와서 함께 자며 이야기를 나누었고, 벤저민은 파리를 쫓아 주었다.

복서는 이렇게 된 것에 대해 결코 슬퍼하지 않는다고 말했다. 완쾌만 된다면 앞으로 3년은 더 살 수 있을 것이고, 그렇게 되면 저 커다란 목장 한구석에서 평화스러운 나날을 보내게 될 것이라고 말했다. 처음으로 그에게 공부를 하고 마음의 수양을 쌓을 수 있는 시간적 여유가 생길 것이므로, 그는 여생을 아직 다 외우지 못한 알파벳의 남은 스물두 글자를 외우는 데 보낼 작정이라고 말했다. 하지만 벤저민과 클로버가 복서와 함께 있을 수 있는 시간은 단지 작업이 끝난 후뿐이었다.

그를 데리고 갈 짐마차가 온 것은 한낮이었다. 그때 동물들은 돼지의 감독을 받으면서 순무 밭의 잡초를 뽑고 있다가 갑자기 벤저민이 농장 건물 쪽에서 소리를 있는 대로 지르면서 뛰어오는 것을 보고 모두 깜짝 놀랐다. 벤저민이 흥분하는 모습을 본 것은 이번이 처음이었다.

"빨리, 빨리, 빨리요! 복서를 데려가려고 한단 말입니다!"

그는 외쳤다.

동물들은 감독하는 돼지의 명령도 아랑곳하지 않고 작업을 걷어치운 채 농장 건물로 뛰어갔다. 과연 마당 한가운데에 말 두 마리가 끄는 커다란 짐마차가 있었고, 그 측면에는 무슨 글자가 쓰여 있었으며, 마부석에는 낮은 중산모를 쓴 교활한 표정의 남자가 앉아 있었다. 복서의 우리는 이미 텅 비어 있었다.

동물들은 짐마차 주위를 에워쌌다.

"복서, 잘 가요! 잘 가요!"

그들은 일제히 소리쳤다.

벤저민은 그들 주변을 뛰어다니며 조그마한 발굽으로 땅바닥을 동동 구르면서 외쳤다.

"바보들, 바보들 같으니라구! 이 바보들! 저 짐마차 옆에 뭐라고 쓰여 있는지 안 보인단 말이야?"

그러자 동물들은 소리를 멈추고 조용해졌다. 뮤리엘이 글자를 더듬더듬 읽기 시작했다. 그러자 벤저민이 그녀를 밀어젖히고 쥐 죽은 듯한 침묵 속에서 글자를 또박또박 읽었다.

"'알프레드 시몬즈, 폐마 도살 및 아교 제조업, 윌링던, 피혁 및 골분 취급, 사료 공급', 저것이 무얼 뜻하는지 모르겠소? 저들은 복서를 폐마 도살장으로 데려가려 하고 있단 말이오!"

동물들 사이에서 공포의 비명 소리가 터져 나왔다. 그 순간

마부석에 앉아 있던 남자가 말에 채찍질을 했다. 그러자 짐마차는 빠른 속도로 마당을 빠져나갔다. 동물들은 일제히 소리를 지르며 뒤를 쫓았다. 클로버가 맨 앞으로 헤치고 나왔다. 짐마차는 속력을 내기 시작했다. 클로버는 굵은 네 다리로 힘껏 달리려고 안간힘을 썼지만 뜻대로 되지 않았다.

"복서! 복서! 복서! 복서!"

그녀가 큰 소리로 외쳤다.

그 순간 바깥의 소동을 들었는지, 콧잔등에 흰 줄무늬가 그려진 복서의 얼굴이 짐마차 뒷문의 작은 창에 나타났다.

"복서! 복서! 뛰어내려요! 빨리요! 저들이 당신을 데리고 가죽이려 하고 있어요!"

클로버는 공포에 젖은 목소리로 외쳤다.

"복서, 뛰어내려요! 뛰어내려요!"

동물들이 모두 소리쳤다.

그러나 짐마차는 이미 속력을 내어 그들을 멀리 떼어 놓고 사라지기 시작했다. 복서가 클로버의 말을 알아들었는지 못 알아들었는지 알 수 없었다. 하지만 잠시 후에 그의 얼굴은 창문에서 보이지 않았고, 대신 짐마차 안에서 쿵쿵거리는 발굽 소리가 들려왔다. 그는 짐마차를 발길로 차 부수고 나오려고 했던 것이다.

예전 같으면 복서가 발굽으로 두서너 번 발길질하면 그런 짐마차쯤은 성냥개비처럼 산산조각이 났을 것이다. 그러나 이를 어쩌랴! 그에게는 이미 힘이 없었던 것이다. 잠깐 동안 쿵쿵거리던 발굽 소리는 점점 희미해지더니 마침내 들리지 않았다. 동물들은 짐마차를 끌고 가는 말 두 마리에게 멈춰 달라고 필사적으로 호소하기 시작했다.

"동지들, 동지들! 당신들 형제를 도살장으로 끌고 가지 말아요!"

그들은 외쳤다. 그러나 이 멍텅구리 짐승들은 너무나 무지해서 사태를 깨닫지 못하고 귀를 뒤로 젖힌 채 걸음을 재촉했다.

복서의 얼굴은 두 번 다시 창문에 나타나지 않았다. 누군가가 먼저 달려가서 가로대가 다섯 개 붙어 있는 문을 닫으려 했지만 소용없었다. 짐마차는 곧 그곳을 빠져나가 재빨리 길 쪽으로 자취를 감춰 버렸다. 그것이 복서의 마지막 모습이었다.

사흘 후에 복서는 윌링던의 병원에서 온갖 치료를 다 받아 보았지만 효과를 거두지 못하고 죽었다고 발표되었다. 스퀼러가 동물들에게 이 슬픈 소식을 전하려고 왔다. 그는 복서의 임종 직전 몇 시간을 지켜보았다고 했다. 그리고 그는 앞다리를 쳐들어서 눈물을 닦으며 말했다.

"그건 내 생전에 처음 본 눈물겨운 장면이었습니다! 나는 그가 임종하는 최후의 순간까지 그의 침대 곁을 떠나지 않았습니다. 그리고 복서는 마지막에 말도 하지 못할 정도로 힘이 다 빠진 채 내 귀에 대고 풍차가 완성되는 것을 보지 못하고 눈을 감는 것이 가슴 아프다고 속삭였습니다. 그리고 이렇게 말했습니다. '동지 여러분, 전진합시다! 반란을 잊지 말고 전진합시다. 동물 농장 만세! 나폴레옹 동지 만세! 나폴레옹 동지는 항상 옳습니다!', 동지 여러분, 이것이 그의 마지막 말이었습니다."

여기서 스퀼러의 태도가 갑자기 변했다. 그는 잠시 침묵을 지키더니 말을 계속하기 전에 조그마한 눈으로 이리저리 괴상야릇한 시선을 던졌다. 그는 복서가 이곳에서 나갈 때 얼토당토않은 괴소문이 떠돈 것을 알고 있다고 말했다. 동물들 중에는 복서를 싣고 가는 짐마차에 '폐마 도살업'이라고 쓰여 있는 것을 보고 경솔하게도 복서가 도살장으로 끌려가는 것이라고 비약해서 단정을 내리는 자도 있었다는 것이다. 어떤 동물이라도 그런 바보 같은 생각을 한다는 건 도저히 있을 수 없는 일이라고 스퀼러는 말했다.

스퀼러는 분함을 참지 못하겠다는 듯 꼬리를 흔들며 이리저리 뛰어다니면서, 친애하는 영도자 나폴레옹 동지가 그 정도로밖에 보이지 않느냐고 소리를 질렀다. 그의 설명은 아주 간단했다. 그 짐마차는 전에는 폐마 도살업자의 것이었지만 나중에 그것을 수의사가 샀고, 그 수의사는 예전 이름을 아직 페인트로

지우지 않았을 뿐이라고 말했다. 그것이 오해를 일으키게 한 원인이라고 했다.

동물들은 이 이야기를 듣자 그제야 안도의 숨을 쉬었다. 스퀄러가 또다시 복서의 임종 시 모습을 마치 눈앞에서 보는 것같이 자세히 설명해 주었다. 그가 훌륭한 치료를 받았으며, 또 나폴레옹이 돈을 아끼지 않고 비싼 약을 써 주었다고 말하자, 동물들의 마지막 남은 의심도 사라졌다. 동지의 죽음에 대한 슬픔은 적어도 그가 행복하게 죽었다는 생각에 다소 누그러졌다.

다음 일요일 아침 회합에는 나폴레옹이 손수 나와서 짤막한 추도사를 낭독했다. 사랑하는 동지의 유해를 운반해서 농장에 매장한다는 것은 불가능하지만, 농장 집 정원의 월계수로 커다란 화환을 만들어 복서의 무덤에 갖다 놓으라고 그는 말했다. 그리고 2~3일이 지난 후에 돼지들이 복서를 기리는 추모연을 갖기로 했다는 것이었다. 나폴레옹은 복서가 좋아하던 두 개의 금언 '더 열심히 일하자'와 '나폴레옹 동지는 항상 옳다'를 상기시키면서, 모든 동물도 이 금언을 자신의 신조로 삼는 것이 좋을 것이라는 말로 연설을 끝냈다.

추모연이 열리기로 예정된 날, 윌링던의 식료품 가게 마차가 농장 집에 커다란 나무 상자를 배달해 왔다. 그날 밤, 떠들썩한 노랫소리에 이어 격렬하게 싸우는 듯한 소리가 들리더니 열한 시경이 되어 유리 그릇 깨지는 소리가 한바탕 시끄럽게 난 뒤 조용해졌다. 그리고 그다음 날 점심때까지 농장 집에는 정적만이 감돌았고, 돼지들은 어디서 돈을 장만했는지 자기들이 마실 위스키 한 상자를 샀다는 소문이 들렸다.

<br>

10

여러 해가 지나갔다. 계절이 여러 번 바뀌었고, 수명이 짧은 동물들은 어느덧 사라졌다. 클로버와 벤저민, 까마귀 모세와 상당수의 돼지들을 제외하고는 '반란' 이전의 옛일을 기억하고 있는 동물이 거의 없는 때가 왔다.

뮤리엘이 죽었다. 블루벨과 제시와 핀처도 죽었다. 존스도 역시 죽었다. 그가 죽은 곳은 알코올 중독자 수용소였다. 스노볼은 기억에서 사라졌다. 복서에 대한 기억도 그를 직접 알고 있던 몇 명에게만 남아 있었다. 클로버는 이제 관절이 굳어지고 눈곱이 자주 끼는 늙고 뚱뚱한 암말일 뿐이었다. 그녀는 정년을 두 해나 넘겼다. 그러나 실제로 은퇴한 동물은 한 마리도 없었다. 정년이 지난 동물들을 위해 목장 한구석을 할당한다는 이야기도 꽤 오래전에 흐지부지되고 말았다.

나폴레옹은 이제 체중이 300파운드나 되는 성숙한 수퇘지가 되었다. 스퀄러는 어찌나 살이 쪘는지 눈이 가늘어져 잘 보이지 않을 정도였다. 벤저민 영감만이 전에 비해서 별로 달라진 것이 없었다. 단지 콧등 쪽이 좀 허옇게 되었고, 복서가 죽은 후 더욱더 침울해지고 과묵해졌을 뿐이었다.

농장에는 이제 식구가 굉장히 많이 늘어나 있었다. 하지만 그 수효는 애당초 예상했던 숫자에는 훨씬 못 미쳤다. 또한 이 농장에서 태어난 동물들은 그 '반란 사건'이 입에서 입으로 전해지는 이야기에 지나지 않는다고 생각했으며, 다른 데서 팔려 온 동물들은 아예 이 농장에 오기 전에는 그런 이야기를 들어 본 적도 없다고 말했다.

이곳에는 현재 클로버 이외에도 말이 세 마리 있었다. 그들은 늘씬하고 건강미 넘치며 부지런하고 선량한 동지였지만, 머리는 무척 둔한 편이었다. 그들 중 어느 누구도 알파벳을 B자 이상 외우지 못한다는 사실이 그것을 입증했다. 그들은 반란과 동물주의의 원리에 대해서 들은 것은 모두 받아들였는데, 특히 그들이 존경하고 어머니처럼 여기는 클로버가 말하는 것을 잘 받아들였다. 하지만 그 이야기를 얼마나 이해했는지는 적잖게 의심스러운 데가 있었다.

농장은 전보다도 번창해 갔다. 그리고 잘 조직되어 있었다.

필킹턴 씨로부터 밭을 두 뙈기나 사들였기 때문에 농장 규모도 확장되었다. 풍차도 성공적으로 완성되었다. 그리고 전용 탈곡기와 건초 운반기도 생겼으며, 건물 여러 채가 새로 세워졌다.

윔퍼 씨는 자가용 이륜마차를 샀다. 풍차는 결국 전력 발전에는 사용되지 않고 곡식을 빻는 데 사용되어 많은 돈을 벌어들였다. 동물들은 풍차를 또 하나 세우느라고 열심히 일하고 있었다. 이것이 완성되면 발전기를 설치한다는 이야기가 있었다. 그러나 예전에 스노볼이 동물들에게 꿈의 청사진을 펼쳐 보였던 전등과 냉·온수기가 설치된 우리, 1주 3일 노동 등의 사치스러운 이야기는 이제 화젯거리조차 되지 못했다. 나폴레옹이 그런 생각은 동물주의에 위배된다고 비난했기 때문이다. 가장 참된 행복이란 열심히 일하고 검소하게 생활하는 데 있다고 그는 말했다.

동물들 자신은 더 나아졌다 할 것이 없었지만 어쩐지 농장만은 더욱더 부유해진 것 같았다. 물론 돼지와 개들은 예외였다. 이것은 아마 돼지와 개의 수가 너무 많은 탓도 있었을 것이다. 이 돼지와 개들도 나름대로 일을 했다.

스퀼러가 끈질기게 설명한 것과 같이 농장을 감독하고 조직하는 데는 굉장히 많은 일이 따랐으며, 이런 일의 대부분은 무지한 다른 동물들로서는 이해할 수 없는 것들이었다.

스퀼러가 말한 대로 돼지들은 '문서', '보고서', '의사록', '각서' 등 수수께끼 같은 일에 매일 대단한 노력을 기울여야만 했다. 이러한 것들은 커다란 종잇조각으로 된 것이었는데, 대부분 다 쓰고 나면 난롯불에 처넣어졌다. 이것은 농장 복지를 위해 매우 중요한 것이라고 스퀼러는 설명했지만, 돼지나 개들은 여전히 자신들의 노동으로는 한 줌의 식량도 생산해 내지 못했다. 게다가 그들의 숫자는 굉장히 많은 데다 식욕도 언제나 왕성했다.

다른 동물들의 생활은 예나 지금이나 마찬가지였다. 그들은 대개 굶주렸고, 짚더미 위에서 잠을 잤으며, 웅덩이의 물을 마셔야 했다. 밭에서 일을 했고, 겨울이 되면 추위에 시달렸으며, 여름에는 파리 때문에 고생을 했다. 나이 먹은 동물들은 때때로 희미해진 기억을 열심히 더듬어서 존스 씨가 쫓겨난 지 얼마 안 된 '반란' 초기의 사정이 현재보다 과연 좋았던가 아니면 나빴던가를 판단하려 했지만 도무지 생각해 낼 수 없었다. 현재의 생활과 비교해 볼 만한 것이 아무것도 없었기 때문이다.

스퀼러의 통계표 이외에는 근거가 될 만한 것이라곤 전혀 없었다. 그 통계표에 따르면 모든 것이 순조롭게 잘되어 가고 있었다. 동물들에게 이 문제는 해결할 수 없는 것이었다. 어쨌든 그들에게는 지금 이와 같은 일을 뒤돌아볼 만한 시간적 여유가 없었다. 단지 벤저민 영감만은 그의 긴 생애에 있어서 일어났던 사건들을 자세히 기억하고 있다고 했으며, 사정은 그다지 좋아지지 않았고 나빠질 수도 없다는 것을 깨닫고 있다고 말했다. 굶주림과 노고와 실망은 세상살이에 있어 불변의 법칙이라는 것이었다.

그러나 동물들은 결코 희망을 버리지 않았다. 게다가 그들은 잠시라도 자신들이 동물 농장의 구성원이라는 명예와 특권 의식을 잊어 본 적이 없었다. 이 농장은 아직도 전국에서, 아니 영국 전체에서(그렇다!) 동물이 소유하고 운영하는 유일한 농장이었다. 그들 중 어느 누구도, 10~20마일 떨어진 농장에서 데려온 신출내기들까지도 이제 이 사실에 대해 감탄하지 않는 동물은 없었다. 그리고 예포가 울려 퍼지는 소리를 듣고 녹색 깃발이 게양대 꼭대기에서 펄럭거리는 것을 볼 때 그들의 가슴은 한없는 자부심으로 부풀어 올랐고, 화제는 항상 옛날의 영웅적인 시절로 돌아가 존스 씨를 쫓아내던 일, 7계명을 내걸던 일, 침략자 인간을 패배시킨 이야기 등으로 돌아갔다.

옛날부터 간직해 왔던 꿈은 하나도 버리지 않았다. 메이저가 예언한, 영국의 푸른 들판이 인간들의 발에 짓밟히지 않을 '동물 공화국'을 이루리라는 믿음은 아직도 식지 않고 있었다. 언젠가는 그날이 올 것이다. 그렇게 빠르게는 오지 않겠지만, 또 현재 살고 있는 동물들 생전에 오지 않을지도 모르지만, 그러나 언젠가는 반드시 오고야 말 것이다. 그들 사이에서는 '영국의 가축들'이라는 노래가 여기저기서 조용히 불리기도 했다. 어쨌든 농장의 동물들은 누구나 다 이 노래를 알고 있었다. 그들의 생활이 고생스럽고 그들의 희망이 전부 달성되지 않았을지는 모르지만, 그들은 다른 동물들과는 다르다는 자부심을 갖고 있었다.

배가 고프긴 해도 그것은 포악한 인간들을 먹여 살리느라 그런 것은 아니었다. 고되게 일하긴 하지만 그것은 적어도 자신들을 위한 것이었다. 그들 중 어느 누구도 두 발로 걷지 않았다. 어느 동물도 다른 동물을 '주인'이라고 부르지 않았다. 모든 동물은 평등했다.

초여름 어느 날, 스퀄러는 양들을 인솔하여 농장 한구석 자작나무가 있는 빈터로 데리고 갔다. 양들은 스퀄러의 감독 아래 풀을 먹으며 하루를 보냈다. 저녁때가 되자 스퀄러는 혼자 농장 집으로 돌아가면서 양들에게는 날씨가 따뜻하니 그곳에서 자라고 명령했다. 결국 양들은 꼬박 일주일 동안 그곳에 머물러야만 했다. 그동안 다른 동물들은 양들을 만날 수가 없었다. 스퀄러만이 거의 매일 대부분의 시간을 양들과 같이 지냈다. 그는 그들에게 비밀로 해 둘 필요가 있는 새로운 노래를 가르쳤다고 말했다.

양들이 막 돌아온 어느 상쾌한 저녁에 동물들은 그날 일을 마치고 농장 건물로 돌아오는 중이었다. 갑자기 마당에서 간담을 서늘하게 하는 말의 신음 섞인 비명 소리가 들렸다. 동물들은 깜짝 놀라 모두 그 자리에 우뚝 섰다. 그것은 클로버가 내는 소리였다. 그녀의 소리가 다시 들리자 동물들은 모두 마당으로 뛰어나왔다. 그들은 그제야 클로버가 목격했던 광경을 보게 되었다.

그렇다, 그것은 스퀼러였다. 그런 자세로 그 커다란 몸뚱이를 지탱하는 데 아직 단련되지 않은 듯 약간 뒤뚱거리기는 했지만, 그래도 거의 균형을 잡고 마당을 천천히 걷고 있었다.

그리고 잠시 후, 농장 집 문밖으로 뒷다리로만 걷는 돼지들의 긴 행렬이 나타났다. 그중에는 잘 걷는 자도 있었지만, 뒤뚱거리며 지팡이에 기대고 싶어 하는 자도 몇몇 눈에 띄었다. 하지만 대개는 성공적으로 마당을 한 바퀴 돌았다. 그리고 마침내 무시무시한 개의 울부짖음과 검고 젊은 수탉의 높은 울음소리가 들리더니, 나폴레옹이 당당하게 일어서서 좌우로 오만한 시선을 던지며 나타났다. 개들이 그의 주위를 뛰어다니고 있었다.

그는 앞발에 채찍을 들고 있었다. 주위가 쥐 죽은 듯이 조용해졌다. 너무 놀라 간담이 서늘해진 동물들은 한자리에 모여 돼지들의 긴 행렬이 천천히 마당을 도는 것을 지켜보고 있었다. 마치 세상이 뒤집힌 것만 같았다. 그러고 나서 겨우 처음의 충격에서 헤어나자, 그들은 개에 대한 공포심이나 무슨 일에든 불평도 비판도 하지 않는 오랜 습관에도 불구하고 항의할 태세로 입을 열려고 했다.

그러나 바로 그때 마치 어떤 신호라도 받은 듯 양들이 일제히 소리를 맞추어 맹렬히 외쳐 대기 시작했다.

"네 다리는 좋다. 두 다리는 '더' 좋다! 네 다리는 좋다. 두 다리는 '더' 좋다! 네 다리는 좋다. 두 다리는 '더' 좋다!"

이 소리가 5분 동안이나 그치지 않고 계속되었다. 양들이 조용해졌을 때는 돼지들은 이미 농장 집으로 돌아간 뒤여서 항의할 기회가 없었다.

벤저민은 누군가가 자기 어깨에 코를 비비는 것을 느꼈다. 돌아다보니 클로버였다. 그녀의 늙은 눈은 더욱 흐려져 있었다. 그녀는 아무 말도 없이 벤저민의 털을 잡아당기더니 7계명을 적어 놓은 하얀 글씨를 가만히 바라보고 있었다.

"내 시력이 나빠져서요. 하긴 젊었을 때도 저기에 쓰어 있는 글자를 읽지 못했지만, 그런데 저 벽이 아주 달라진 것처럼 보이네요. 벤저민, 저 7계명은 예전 그내로인가요?"

벤저민은 이번만은 자기가 지켜 온 규칙을 깨뜨리기로 작정하고 벽에 쓰어 있는 것을 그녀에게 읽어 주었다. 그곳에는 계명이 단 하나밖에 없었다. 그것은 다음과 같았다.

모든 동물은 평등하다.

그러나 어떤 동물은 다른 동물보다 더욱 평등하다.


그 뒤부터는 농장 작업을 감독하는 돼지들이 전부 앞발에 회초리를 들게 되었다 해서 별로 이상하게 생각할 일이 아니었다. 돼지들이 라디오를 구입하는가 하면 전화를 설치하고,《존불》,《티트비츠》잡지와《데일러 미러》신문 구독을 신청했다는 것이 알려졌는데도 이상하게 느껴지지 않았다. 나폴레옹이 파이프를 물고 농장 집 정원을 산책하는 것을 보아도, 아니 돼지들이 존스의 옷장에서 옷을 꺼내 입어도, 나폴레옹 자신이 검은 승마용 바지를 입고 가죽 각반을 한 차림으로 나타나도, 그리고 또 그가 총애하는 암퇘지가 존스 부인이 일요일에나 입었던 물결무늬 비단옷을 입고 나타나도 조금도 이상하게 생각되지 않았다.

일주일이 지난 어느 날 오후, 이륜마차 몇 대가 농장에 도착했다. 이웃 농장의 대표들을 초청한 것이었다. 그들 일행은 농장 일대를 안내받고 두루 돌아보면서 보는 것마다 찬탄을 금치 못했다. 특히 풍차에 대해서는 극구 칭찬을 늘어놓았다.

동물들은 순무 밭에서 잡초를 뽑고 있었다. 이제 그들은 땅에서 얼굴 한 번 드는 일 없이, 돼지와 인간 방문객 중 어느 쪽이 더 무서운지도 모르는 채 부지런히 일만 하고 있었다.

그날 밤 농장 집 안에서는 커다란 웃음소리와 노랫소리가 흘러나왔다. 동물들은 갑자기 인간과 동물의 목소리가 뒤범벅된 소리를 듣자 바짝 호기심이 생겼다. 처음으로 동물과 인간이 평등한 입장에서 만나고 있는 저 농장 집 안에서 도대체 지금 무슨 일이 벌어지고 있는 것일까 하고, 그들은 소리를 죽여 가며 일제히 농장 집 정원으로 살금살금 들어가 보았다.

문 앞에 이르자 그들은 주춤거렸다. 안으로 들어가는 것이 약간 두려웠기 때문이다. 그러자 클로버가 앞장서서 안으로 들어갔다. 그들은 살금살금 집까지 다가갔고, 키가 큰 동물들은 식당 창문으로 안을 들여다보았다.

긴 식탁을 둘러싸고 농장주 여섯 사람과 고위층 돼지 여섯 마리가 자리에 앉아 있었는데, 나폴레옹이 상석을 차지하고 있었다. 돼지들은 아주 기분이 좋은 듯이 의자에 걸터앉아 있었다. 그들은 카드놀이를 하다가 축배를 들기 위해 잠시 중단한 모양이었다. 큰 술병이 돌아가며 잔에 맥주를 가득 채웠다. 동물들이 의심스러운 눈초리로 창문에서 엿보고 있다는 사실을 알아챈 돼지는 하나도 없었다.

폭스우드 농장의 필킹턴 씨가 잔을 손에 들고 일어서더니, 자리를 함께하신 여러분에게 축배를 권하고 싶지만 그전에 몇 마

디 해야 할 이야기가 있다고 말했다. 그는 장기간에 걸친 불신과 오해에 종지부를 찍었다는 것에 대해 자기는 무척 만족하며 여기 있는 다른 이들도 그럴 것임을 확신한다고 말했다. 그 자신이나 여기에 온 어느 누구도 그와 같은 감정을 가지고 있지는 않지만, 서로 인접해 살고 있는 사람들은 이 동물 농장의 존경하는 주인들을 적이라기보다는 말하자면 조금은 걱정스러운 눈초리로 지켜보던 때도 있었다고 했다. 불행한 사건도 있었고 오해도 있었다는 것이다. 돼지들이 소유하고 경영하는 농장이라는 것이 어딘가 비정상적이어서 근처에 동요를 일으키기 쉽다고 느낀 적도 있었다고 했다. 많은 농장주가 자세히 알아보지도 않고 이 농장에서는 방종과 무질서의 분위기가 난무한다고 속단했었고, 그래서 그들은 자기의 동물들, 심지어는 고용하고 있는 인간들에게까지 나쁜 영향을 끼칠 것을 걱정했다는 것이다. 그러나 그 모든 의심이 지금은 완전히 사라졌다고 말했다. 오늘 자기와 자기 친구들이 동물 농장을 방문하고 직접 눈으로 구석구석 둘러본 뒤에 발견한 것이 무엇이었는가? 그것은 최신식 영농 방법뿐만 아니라 모든 농정주의 귀감이 될 만한 규율과 질서였다는 것이다. 동물 농장의 하층 동물들이 이 지방의 다른 어떤 동물들보다 많이 일하고 식량을 적게 받는다고 해도, 자기는 그것을 정당한 것이라고 믿는다고 말했다. 실제로 오늘, 그와 그의 일행은 곧 자기들의 농장에 채택하고 싶은 여러 가지를 확인했다는 것이다.

그는 동물 농장과 그 이웃 농장 사이에 존재하고 있고 또 존재해야 할 우정을 재차 강조하는 것으로 인사말을 끝낸다고 말했다. 돼지와 인간 사이에는 이해의 충돌이 조금도 없으며 또 그럴 필요도 없다는 것이었다. 인간이든 돼지든 투쟁할 일이나 당면한 어려움은 마찬가지다. 노동 문제란 어디서나 같은 문제를 일으키는 것이 아닌가?

필킹턴 씨는 여기까지 말하고 준비한 재담(才談)을 일동에게 털어놓으려고 했지만, 자꾸만 터져 나올 듯한 웃음 때문에 그 재담이 입에서 선뜻 나오지 않는 모양이었다. 그는 살이 쪄 여러 겹이 된 턱을 뻘겋게 물들이며 한참 동안 숨을 뿜어내더니, 겨우 말을 꺼냈다.

"만일 여러분에게 싸워야 할 하층 동물이 있다면, 우리에게도 싸워야 할 하층 계급이 있습니다."

이 재담은 일시에 좌중을 웃겼다. 필킹턴 씨는 자기가 농장에서 관찰한 식량 배급과 긴 작업 시간, 그리고 전반적으로 불평이 없는 것에 대해 돼지들을 다시 한 번 치하했다. 그리고 나서 그는 자리에서 일어서더니, 마지막으로 모두 일어나 잔에 맥주를 채워 건배하자고 말했다.

"여러분, 여러분을 위해 건배합시다. 그리고 동물 농장의 번영을 기원합니다!"

필킹턴 씨는 인사말을 맺었다.

열광적인 갈채와 발 구르는 소리가 났다. 나폴레옹은 매우 만족하여 자리에서 일어나 식탁을 돌아 필킹턴 씨 옆에까지 가서는 잔을 서로 맞부딪친 후 들고 있던 맥주를 쭉 들이마셨다. 박수 소리가 가라앉자 그때까지 계속 서 있던 나폴레옹이 자기도 몇 마디 인사말을 하고 싶다고 했다.

나폴레옹의 연설은 언제나 그랬던 것처럼 짧으면서도 요령이 있었다. 그도 이제까지의 오해가 풀린 것을 기쁘게 생각한다고 말했다. 오랫동안 자기와 자기 동료들의 사고방식에는 파괴적인, 아니 혁명적인 것이 있다는 소문이 떠돌았지만, 이것은 어떤 악의를 품고 있는 자가 퍼뜨린 것이 틀림없다고 했다. 그들이 이웃 농장의 동물들을 상대로 '반란'을 선동하려고 기도했다는 소문이야말로 천부당만부당한 것이라고 했다. 자기들의 유일한 염원은 과거나 현재나 마찬가지지만, 이웃과 평화롭게 정상적인 거래를 유지하며 살아가는 것이라고 말했다. 그런 다음 나폴레옹은 또다시 부언해서 자기가 영광스럽게 통솔하고 있는 이 농장은 일종의 협동 기업이며, 자기 자신의 소유로 되어 있는 토지 문서도 모두 돼지들의 공동 소유라는 것이었다.

그는 예전의 의혹이 아직도 남아 있다고는 믿지 않지만 최근 농장에는 어떤 변화가 일어나고 있고, 이것은 신뢰감을 더욱더 굳건히 하는 데 효과가 있을 것이라고 했다. 지금까지 이 농장의 동물들은 서로 '동지'라고 부르는 바보 같은 습관을 지켜 왔는데, 이것도 금지되었다고 했다. 그리고 어쩌다가 그런 일이 발생했는지 모르지만, 일요일 아침마다 마당의 기둥 못에 걸려 있는 수퇘지의 두개골 앞을 행진하는 괴상한 습관도 또한 금지될 것이며, 두개골은 벌써 땅에 묻어 버렸다고 했다.

손님 여러분은 게양대에 펄럭이는 녹색 깃발을 보았을 것이고, 그것을 보았다면 전에 그 깃발에 그려져 있던 흰 발굽과 뿔 무늬가 없어진 것도 눈치챘을 것이다, 이제부터는 아무것도 그려져 있지 않은 녹색 깃발을 사용할 것이라고 했다.

그는 필킹턴 씨의 우정 어린 훌륭한 연설에서 시정할 것이 한 가지 있다고 했다. 필킹턴 씨는 시종 동물 농장이라고 말했는데, 그러나 그것은 동물 농장이라는 이름이 폐지되었다는 사실을 모르고 있기 때문이라고 했다. 그도 그럴 것이, 나폴레옹 자신이 지금에야 그 사실을 처음 발표하는 것이므로 그가 모르는 것도 당연하다고 했다. 그러니 이제 앞으로는 '매너 농장'으로 불릴 것이고, 이것이 사실 본래의 올바른 이름이라고 말했다.

"여러분! 여러분을 위해 다시 축배를 들겠습니다. 하지만 이번에는 새로운 이름을 위해서입니다. 여러분 잔을 가득 채워 주십시오. 우리 모두 건배합시다. 매너 농장의 번영을 위해서!”

나폴레옹이 인사말을 끝냈다.

다시 박수갈채가 터져 나왔고, 모두 한 방울도 남기지 않고 잔을 깨끗이 비웠다.

밖에서 처음부터 끝까지 이 광경을 지켜보고 있던 다른 동물들은 이상한 일이 일어나고 있다고 생각했다.

돼지들의 얼굴을 저렇게 바꿔 놓은 것은 무엇일까? 클로버는 늙어 흐릿해진 눈으로 돼지들의 얼굴을 차례로 훑어보았다. 어떤 돼지는 턱이 다섯이고, 어떤 돼지는 턱이 넷이고, 또 어떤 돼지는 턱이 셋이었다. 그러나 이토록 저들의 모습이 달라져 보이게 하는 것은 과연 무엇 때문일까? 박수갈채가 끝나자 일동은 카드를 꺼내어 중단했던 놀이를 계속했다. 동물들은 그곳에서 슬그머니 물러났다.

그러나 20야드도 채 가기 전에 그들은 걸음을 멈추었다. 떠들썩한 소리가 농장 집 안에서 들려왔다. 동물들은 다시 뛰어가서 창문으로 들여다보았다. 격렬한 싸움이 벌어지고 있었다. 고함을 지르고 책상을 치며, 의심에 찬 눈초리를 날카롭게 주고받으며 성난 목소리로 아니라고 잡아떼는 등 야단법석이었다. 싸움의 원인은 나폴레옹과 필킹턴이 동시에 스페이드 에이스를 냈기 때문인 것 같았다.

열두 목소리가 화를 내며 제각기 소리를 지르고 있었다. 그러나 그 소리들이 모두 하나로 똑같이 들렸다. 그제야 동물들은 돼지들의 얼굴에 나타난 변화에 대해서 깨닫게 되었다.

밖에서 엿보고 있던 동물들은 인간과 돼지의 얼굴을 몇 번이고 번갈아 쳐다보았다. 그러나 어느 쪽이 인간이고 어느 쪽이 돼지인지 도무지 분간할 수가 없었다.

동물 농장

◆ **작품 소개**

독재자와 사회주의의 문제점을 날카롭게 풍자한 소설

《동물 농장》은 영국의 작가 조지 오웰이 1945년에 발표한 소설이다. 이 작품은 1944년에 완성되었으나 한동안 출판을 거절당하는 시련을 겪었다. 작품이 비록 우화(寓話) 형식을 취했다고는 해도 스탈린 독재 하의 소련 전체주의를 맹렬히 공격하고 있기 때문이었다. 제2차 세계 대전 중이던 당시 소련은 아직 영국의 동맹국이었던 것이다.

《동물 농장》은 간행되자마자 큰 인기를 끌었다. '옛날 이야기'라는 부제가 붙은 이 작품은 매너 농장에서 일어나는 독재화와 권력의 전체주의화 과정을 그렸다. 신선한 문체와 매끄러운 구성, 곳곳에 번뜩이는 풍자로 생생한 소설 세계를 보여 주고 있다. 등장인물 중에서 메이저 영감은 마르크스로, 음험한 현실주의자인 나폴레옹은 스탈린으로, 나폴레옹에게 축출당하는

스노볼은 권력 투쟁에서 밀려난 트로츠키로 흔히 비유되기도
한다.

《동물 농장》은 옛 소련뿐만 아니라 전 세계적으로 행해지는
타락한 권력에 대한 일종의 경고이다. 권력을 한 사람이 독점할
때 진행되는 특권층의 타락과 독재자의 계략으로 점점 나약해
지고 어리석어지는 민중의 모습을 그림으로써 전체주의의 폭
력성을 날카롭게 지적한 것이다.




매너 농장의 동물들은 수퇘지 메이저 영감의 연설에 감화를
받아 농장 주인 존스 씨를 몰아내고 농장을 차지한다. 모두가 자
유롭고 행복하게 사는 것을 목표로 머리 좋은 돼지들이 지도자
역할을 맡아 다른 동물을 이끌게 된다.

동물들이 자발적으로 열심히 일하는 가운데 수확량이 늘어나
고, 여가 시간도 즐길 수 있게 된다. 그러는 가운데 이상주의자
인 스노볼과 음흉한 현실주의자인 나폴레옹의 대립이 심해진
다. 둘 사이의 권력 다툼은 나폴레옹의 승리로 끝나고, 스노볼은
농장에서 쫓겨난다. 그 뒤로 나폴레옹의 독재가 시작되고, 철통
같은 규율과 힘겨운 노동이 강요된다. 심지어 충성도가 떨어지

는 동물은 모두 스노볼의 앞잡이로 몰려 처단되기에 이른다.

동물들의 자유는 점점 억압되고, 나폴레옹에겐 '영도자'란 칭호가 붙는다. 문득 동물들은 자신의 처지를 자각하지만 두려움과 우둔함, 나약함 때문에 변변히 저항조차 못한다. 나폴레옹을 비롯한 특권층 돼지들은 나날이 타락하고, 급기야는 손에 채찍을 들고 두 발로 걷기 시작하면서 공공연하게 인간처럼 굴기 시작한다. 결국 동물 농장의 운명은 존스 씨가 지배하던 매너 농장 시절로 되돌아가면서 이야기는 끝이 난다.


◆ 등장인물 소개

**메이저 영감**_ 농장 동물들에게 매우 존경받는 늙은 수퇘지이다. 그는 농장의 주인은 착취하는 인간이 아니라 바로 동물 자신이라는 연설을 함으로써 '반란'의 단초를 제공한다. 그러나 반란이 시작되기 전에 세상을 떠난다.

**나폴레옹**_ 음흉한 현실주의자 수퇘지로 반란에 성공한 뒤 정적 스노볼을 몰아내고 권력을 휘어잡는다. 온갖 계략으로 어리석은 동물들을 혼란에 빠뜨리면서 지배 체제를 강화해 나간다. 결국에는 인간 흉내를 내는 탐욕스러운 독재자가 된다.

**스노볼**_ 반란이 일어났을 때 누구보다도 앞장서서 싸운 수퇘지이다. 용감하고 총명해서 나폴레옹에게 사사건건 견제를 당한다. 풍차를 만들어서 보다 행복한 세상을 만들겠다는 꿈을 가지지만, 나폴레옹의 음모로 농장에서 쫓겨난다.

**스퀼러_** 존스 씨가 식용으로 기르던 수퇘지이다. 나폴레옹의 최측근으로 뛰어난 연설가이다. 곤란한 일이 생길 때마다 그럴듯한 말로 문제를 덮어 버린다. 독재화가 진행됨에 따라 7계명을 교묘하게 하나씩 바꿔 버리는 술책을 부린다.

**복서_** 몸집이 크고 힘이 센 수말이다. 지능은 그리 높지 않으나 착실한 성품과 엄청난 노동력으로 동물들에게 존경을 받는다. ‘나폴레옹 동지는 항상 옳다’는 신념을 가지고 죽을힘을 다해 일하다가 끝내 폐마 도살장으로 끌려가는 신세가 된다.

**벤저민_** 농장 동물들 중에서 가장 나이가 많고 까다로운 당나귀이다. 모든 것을 꿰뚫어 보면서도 앞에 나서거나 적극적으로 행동하지 않는 방관자이다. 단 한 번, 복서가 도살장으로 끌려갈 때 발을 동동 구르며 동물들의 어리석음을 탓한다.

**존스_** 매너 농장의 주인으로 술을 많이 마시면서 농장 관리를 소홀히 한다. 급기야 착취에 항의하는 동물들의 반란으로 농장을 빼앗기고 추방당한다. 농장 탈환에 실패한 뒤로는 다른 곳으로 이사했다가 말년에 알코올 중독자 수용소에서 숨을 거둔다.

**프레더릭_** 동물 농장 주변에 있는 핀치필드 농장의 주인이다. 동물 농장과 적대적인 관계를 유지하다가 때로는 이익을 위해 영합하는 태도를 보이기도 한다. 동물 농장을 습격해서 풍차를 부숴 버린 인물이다.

**필킹턴**_ 동물 농장 이웃에 있는 폭스우드 농장의 주인이다. 프레더릭과 마찬가지로 필요에 따라 동물 농장에 적대적 혹은 우호적 태도를 취한다. 소설 말미에는 동물 농장에 초대되어 만찬을 즐기며 나폴레옹을 추어올리는 연설을 한다.

**몰리**_ 농장주 존스 씨의 이륜마차를 끌던 예쁜 암말이다. 몸치장에만 신경 쓰고 설탕만 밝히다가 반란 이후 농장 생활에 싫증을 낸다. 인간이 보살펴 주는 삶을 찾아 농장을 떠난다.

◆ 들어가기

20세기 영어권의 가장 중요한 소설가, 비평가, 정치 평론가 중 한 사람으로 널리 존경받고 있는 조지 오웰(1903~1950)은 〈나는 왜 글을 쓰는가〉라는 글에서 생계를 유지하기 위한 목적 말고 작가는 크게 네 가지 동기에서 글을 쓴다고 말한다. 즉 1) 순전한 이기심, 2) 심미적 열정, 3) 역사적 충동, 4) 정치적 목적이 바로 그것이다.

첫 번째 동기에 대하여 오웰은 '똑똑해 보이고, 사람들의 입에 오르내리며, 죽은 뒤에도 기억되고, 어린 시절에 자신을 무시한 어른들을 보복하고 싶은 욕망'이라고 설명한다. 두 번째 동기에 대해서 그는 '외부 세계의 아름다움이나 말의 아름다움 그리고 말을 적절하게 배열해 놓은 데에서 오는 아름다움을 깨닫는 것'이라고 풀이한다. 세 번째 동기에 대해서는 '사물을 있는 그대로 보고 진실한 사실을 발견하여 뒷날 후세가 사용할 수 있도록 보관하려는 욕망'이라고 말한다. 마지막으로 네 번째 동기에 대하여 그는 '이 세계를 어떤 방향으로 밀고 나가고, 반드시 성취해야 하는 유형의 사회에 대하여 다른 사람들의 생각을 바꾸려는 욕망'이라고 설명한다.

오웰이《동물 농장》을 집필한 것은 네 번째 정치적 동기에서 비롯하였다. 그는 이 세계를 자신이 옳다고 생각하는 방향으로 끌고 나가기 위하여 이 소설을 썼다. 오웰이《동물 농장》을 쓰는 데에는 스페인 내전이 중요한 촉매 역할을 하였다. 스페인 내전에 참가하여 스탈린과 소비에트 전체주의 체제를 몸소 겪은 오웰은 분명한 정치적 목적을 염두에 두고 이 작품을 썼다. 그가 '보편적인 기만의 시대에 진리를 말하는 것이야말로 혁명적 행위'라고 말하는 까닭이 바로 여기에 있다.


◆ **작품의 배경과 내용**

조지 오웰의《동물 농장》은 분량으로 보면 겨우 100쪽 남짓한 조그마한 책이지만 장르적 특징을 한마디로 규정짓기란 쉽지 않다. 작가는 1945년 이 책을 처음 출판하면서 '동물 농장'이라는 제목에 '동화'라는 부제를 사용하였다. 부제에서도 엿볼 수 있듯이 이 작품은 장르에서 볼 때 동물 우화에 속한다. 실제로 이 작품에서 오웰은 동물을 의인화하여 인간의 삶을 동물의 행태에 빗대어 에돌려 언급한다.

그런데 동물 우화의 역사를 거슬러 올라가다 보면 까마득히 멀리 고대 그리스시대 아이소포스가 지은 우화집《아이소피카》를 만나게 된다. 흔히 '이솝우화'로 일컫는 이 책은 의인화한 동물들을 등장시켜 인간의 여러 행동을 꾸짖는다. 그러나 오웰의《동물 농장》은 동물들의 이야기를 플롯에 따라 일관성 있게 끌고 나간다는 점에서 개별적이고 단편적인 우화를 모아놓은 아이소포스의 우화집과는 다르다. 또 오웰의 이 작품은 동물들이 잔인하게 다른 동물들을 처형하는 장면에서 볼 수 있듯이 공산주의자들의 동물적인 잔인성을 드러내는 데 더없이 안성맞춤이다.

장르로 볼 때《동물 농장》은 동물 우화에 속할 뿐만 아니라 정치적 알레고리의 범주에 들어가기도 한다. 흔히 '풍유(諷諭)'로 일컫는 알레고리는 겉으로 드러난 축어적(逐語的) 의미가 아닌 비유적 의미를 전달하려는 문학 형식을 말한다. 이렇게 숨겨진 의미는 흔히 상징적 인물이나 행농을 동하어 나디난다. 추상적 관념이나 원칙 또는 의미를 표현하기 위한 장치로 넓은 뜻에서는 은유를 확장해 놓은 것으로 볼 수도 있다. 알레고리와 동물 우화 사이에 차이가 있다면 후자가 도덕적 교훈을 전달하는

데 목적을 두는 반면, 후자는 종교적 · 정치적 메시지를 전달하려는 데 무게를 싣는다.


◆ '매너 농장'과 '동물 농장'

존스가 경영하는 '매너 농장'의 동물들은 평소 소홀히 대접받는 것에 불만을 품고 있던 중 어느 날 늙은 수퇘지 메이저 영감의 꿈 이야기와 반인간적인 혁명 이론을 듣고 반란을 일으킨다. 존스 씨와 그 일꾼들을 농장에서 몰아내고 짐승 스스로 운영하는 '동물 농장'을 건설한다. 동물 중에서 가장 지능이 발달한 돼지 나폴레옹과 스노볼 그리고 스퀄러가 지도자가 되어 이 농장을 다스린다.

오직 동물들이 운영하는 이 '동물 농장'에서는 '동물은 모두 평등하다'라는 기본 원칙을 내걸고 인간이 아닌 자신들을 위하여 일한다는 자부심 때문에 열심히 일한다. 풍차를 건설하는 과정에서 나폴레옹은 변절자라는 이름으로 스노볼을 농장에서 내쫓고 스퀄러를 앞세워 다른 동물들을 지배하고 착취한다. 어느 날 나폴레옹은 그의 앞잡이인 개들을 시켜 불만을 털어놓고 비협조적이던 동물들을 무참하게 처형한다. 이제 '영도자 동지'로 자처하는 나폴레옹은 다른 동물들의 고통을 잊은 채 점점 권세를 누리며 호화로운 생활을 하기 시작한다. 식량난을 해결하기 위하여 프레더릭이라는 인간과 교역을 하지만 교묘한 속임수에 넘어가기도 한다.

충성스럽게 일하던 말 복서는 나이가 들자 폐마로 도살업자에 팔려가 죽임을 당한다. 반란을 일으켜 농장주를 내쫓던 동물들도 하나둘씩 사라지고, 이제는 젊은 동물들이 근면한 노동과 검소한 생활로 동물 공화국을 이어나간다. 이 작품은 나폴레옹을 비롯한 돼지들이 이웃 농장주들을 초대하여 파티를 벌이는 장면으로 끝이 난다. 인간의 옷차림에 두 다리로 걷는 돼지들은 이제 인간과 좀처럼 구별할 수가 없게 되었다. 숭고한 목적을 위하여 이룩한 '동물 농장' 건설은 이제 타락하여 옛날의 '매너 농장'과 똑같은 상태로 돌아가고, 동물들은 옛날과 마찬가지로 다시 노예의 처지로 전락해 버린다.


◈ **작품의 중심 주제**

조지 오웰은 《동물 농장》에서 정치적 일레고리답게 상징적 인물이나 사건을 실제 인물이나 사건과 될 수 있는 대로 일대일로 상응시키려고 애썼다. 한편 이 작품에서 축어적 의미 뒤에 숨어 있는 비유적 의미는 누가 보아도 볼셰비키 혁명과 소비에트연방의 수립 과정 그리고 그 이후의 모습이라는 것을 쉽게 알 수 있다.

알레고리로 표현한 비유적 의미를 간추려 보면 대략 다음과 같다. 1917년 10월 레닌이 이끄는 볼셰비키 당원이 혁명을 일으켜 니콜라이 2세를 몰아내고 정권을 잡는다. 레닌은 모든 생산 수단을 국가가 탈취하고 토지와 은행을 국유화시킨다. 1924년 레닌이 갑자기 사망하자 그의 개인 참모였던 스탈린은 권력을 장악하고 트로츠키와 그의 추종자들을 당에서 추방해 버린다. 소비에트연방을 현대적 공업국을 발전시킬 목적으로 제1차 5개년 경제계획을 수립하지만 실패로 돌아간다. 이러한 과정에서 스탈린은 반대파들을 숙청하는 한편, 점점 개인 우상화 작업에 박차를 가하고 일인 독재 체제를 더욱 굳게 다진다. 결국 민중의 삶은 혁명 전 제정 러시아 시대나 혁명을 일으킨 뒤 소비에트연방 시대나 크게 다르지 않다.

그러나 이 작품의 주제를 스탈린과 소비에트연방 공산당에 대한 비판과 고발에 국한시키려는 것은 좁은 생각이다. 오웰은 우크라이나어 번역본 서문에서 '나는 러시아를 방문한 적도 없고, 내가 그 나라에 대하여 아는 것이라고는 오직 책과 신문을 읽어 배울 수 있는 것뿐이다'라고 밝힌 적이 있다.

훌륭한 문학 작품이 흔히 그러하듯이 《동물 농장》의 주제도 바로 겉껍질 아래 숨어 있는 속살에서 찾아야 한다. 오웰은 이 작품과 관련하여 자신의 작품 중에서 '정말로 땀 흘려 공들여 쓴 유일한 작품'이라고 말한 적이 있다. 또 '내가 하고 있는 작업을 완전히 의식한 채 정치적 목적과 예술적 목적을 완전한 전체로 융합하려고 시도한 첫 번째 작품'이라고 밝히기도 하였다.

오웰이 이 작품에서 궁극적으로 말하려는 주제는 모든 형태의 전체주의에 대한 비판이다. 그가 비판 대상으로 삼은 것은 비단 소비에트연방의 공산주의만이 아니다. 어떤 의미에서 스탈린주의는 온갖 형태의 전체주의를 가리키기 위한 환유나 제유에 지나지 않는다. 공산주의건, 사회주의건, 파시즘이건 대중을 목적이 아닌 수단이나 도구로 삼는 정치 체제는 하나같이 오웰의 비판 대상이 된다. 여기에는 자유민주주의도 조금도 예외가 될 수 없다.

더구나 오웰은 《동물 농장》에서 유토피아의 본질과 성격에 대해서도 말한다. 유토피아란 글자 그대로 한낱 공상과 허구에 지나지 않는 공간을 말한다. 잘 알려진 바와 같이 '유토피아'는 그리스어로 없음을 뜻하는 'ou'와 장소를 뜻하는 'topos'를 결합하여 만든 용어로 '이 세상 어니에도 없는 장소'라는 뜻이다. 다시 말해서 유토피아는 현실 세계에서는 결코 존재하지 않는 이상적인 사회를 일컫는 말이다. 오웰이 보기에 블라디미르 레닌이 중심이 되어 마르크스와 엥겔스의 공산주의 이론을 토대로 건설한 계급 없는 이상주의 사회는 한낱 유토피아에 지나지 않았다. 현실 세계에서는 이룰 수 없는 그림자 같은 환영이었다는 사실이 드러났다. 인간과 인간 사이에는 어쩔 수 없이 계급이 있을 수밖에 없다. 한 계급의 장벽을 허물어 버리고 나면 곧 다른 계급의 장벽이 들어서게 된다.

이 주제와 함께 오웰이 《동물 농장》에서 말하려는 또 다른 주제는 권력의 속성과 그 위험성이다. 영국의 역사학가요 법철학자인 존 액튼 경(卿)은 "모든 권력은 부패하기 쉽고 절대 권력은 절대적으로 부패한다."라고 말한 적이 있다. 액튼 경의 말대로 권력은 그 속성에서 부패하는 경향이 있을 뿐만 아니라 절대 권력은 반드시 절대적으로 부패하기 마련이다. 오웰이 이 작품에서 말하려는 것도 부패하거나 타락할 수밖에 없는 권력의 속성이다. 스노볼에게 배신자의 혐의를 씌어 동물 농장에서 쫓아 버린 뒤 나폴레옹은 나폴레옹은 모든 정치 권력을 혼자서 걸머쥐는 것이다.


◆ **작가 소개**

조지 오웰은 1903년 영국의 식민지인 인도 벵골에서 태어났다. 본명은 에릭 아서 블레어이다. 그의 아버지는 인도 세관의 아편

과에서 근무하는 식민지 관료였다. 영국의 사학 명문 이튼 학교를 졸업한 뒤 1922년에 버마(오늘날의 미얀마)에서 제국 경찰로 5년 동안 근무하였다.

경찰직을 그만둔 뒤 오웰은 심한 죄책감에 시달리며 한때 영국의 런던과 프랑스 파리에서 떠돌이 생활을 하였다. 1933년에 르포타주《파리와 런던의 밑바닥 인생》, 1934년에 역시 제국 경찰의 경험을 기록한《버마 시절》을 출간한 뒤 1935년에 장편 소설《목사의 딸》을 출간하면서 소설가로 데뷔하였다.

오웰은 1936년에 스페인 내전이 일어나자 의용군으로 참전하여 전투 중 중상을 입었다. 이때 경험을 쓴 작품이《카탈루냐 찬가》이다. 그의 대표작으로는《동물 농장》을 비롯하여《1984년》이 있다. 그는 1950년 1월 오랫동안 앓아 온 결핵으로 런던에서 사망하였다.